# Lin Rina

# La biblioteca
# de los sueños imposibles.
# Las cartas de Ani Crumb

Traducción de
Ana Guelbenzu

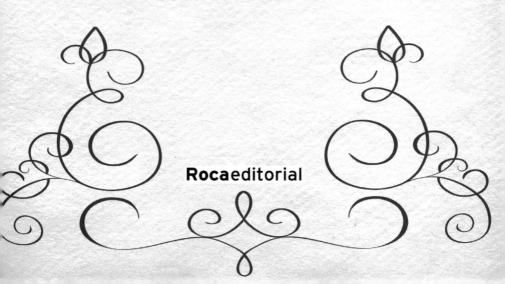

**Roca**editorial

Título original: *Animants Welt*

© 2019, Drachenmond Verlag
Publicado en acuerdo con Ferly.

Primera edición: noviembre de 2021

© de la traducción: 2021, Ana Guelbenzu
© de esta edición: 2021, Roca Editorial de Libros, S. L.
Av. Marquès de l'Argentera, 17, pral.
08003 Barcelona
actualidad@rocaeditorial.com
www.rocalibros.com

Impreso por Liberdúplex

ISBN: 978-84-18557-51-4
Depósito legal: B 15401-2021

RE57514

*Para*
*Jule, Jazz & Nona*

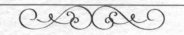

—¿Y qué harías ahora si pudieras elegir? —preguntó.
No lo tuve que pensar mucho.
—Me sentaría a leer en mi butaca —dije.

19 de mayo de 1891

Mi querida Elisa:

¡Ya ha llegado el momento! Hemos tomado precauciones, todo lo necesario está guardado y hasta mi madre por fin está satisfecha con la selección de mi armario. El miércoles de la semana que viene volveré a Londres.

Estoy que no quepo en mí de alegría. Quién habría dicho que podría echar tanto de menos esa ciudad ruidosa y pestilente. Siento un cosquilleo en los dedos cuando pienso en los callejones estrechos, las teterías e incluso la muchedumbre que me espera allí.

Tenemos que encontrar hasta la librería más minúscula y soportar juntas las absurdas citas ineludibles por compromiso con señores aburridos. Echo mucho de menos tu sagacidad y tu ingenio mordaz.

Aún me queda sobrevivir a otro baile sin ti, el viernes, luego por fin podré dejar volar la mente hacia Londres.

Mi querida Elisa:

¡Ya ha llegado el momento! Hemos tomado precauciones, todo lo necesario está guardado y hasta mi madre por fin está satisfecha con la selección de mi armario. El miércoles de la semana que viene volveré a Londres.

Estoy que no quepo en mí de alegría. Quién habría dicho que podría echar tanto de menos esa ciudad ruidosa y pestilente. Siento un cosquilleo en los dedos cuando pienso en los callejones estrechos, las teterías e incluso la muchedumbre que me espera allí.

Tenemos que encontrar hasta la librería más minúscula y soportar juntas las absurdas citas ineludibles por compromiso con señores aburridos. Echo mucho de menos tu sagacidad y tu ingenio mordaz.

Aún me queda sobrevivir a otro baile sin ti, el viernes, luego por fin podré dejar volar la imaginación hacia Londres.

Por supuesto, hasta el día de la boda viviré en casa de mi tío. Por muy obscena que pueda llegar a ser tu imaginación, en realidad es imposible volver a mudarme al edificio de personal, querida Elisa. Puerta con puerta con mi prometido. Sería un verdadero escándalo.

A propósito de escándalo, a mi madre casi le dio un ataque al corazón y se bebió un vaso entero de ponche de un trago cuando se enteró de que quería volver a trabajar en la biblioteca. El hecho de que una joven de buena posición trabajara ya le parecía extravagante, pero la esperanza de que en Londres encontrara a un hombre que estuviera a la altura de mis exigencias la convenció. Sin embargo, el que una mujer comprometida —o incluso casada— se dedicara a una profesión le resultaba tan inexplicable como que haya escogido como esposo a un bibliotecario gruñón.

Habría preferido a alguien más hablador, creo, porque no para de intentar enredar al pobre Thomas Reed en discusiones sobre los temas más abstrusos. Cuando vino de visita hace dos semanas, le preguntó qué opinaba de la seda roja.

Elisa, se me escapa la risa otra vez cuando pienso en su respuesta y en la cara de mi madre.

Solo dijo que le parecía mejor llevarla que ir desnudo, y mi madre se llevó tal susto que derramó el té de la taza. Luego ya no le preguntó nada más y dejó al pobre tipo solo con su libro durante una tarde entera.

La celebración del compromiso, en cambio, fue todo un éxito. No sé cómo consiguió mantener la compostura ante tantas felicitaciones hipócritas y miradas de reprobación. Sin embargo, estoy muy orgullosa porque no perdió los estribos ni una sola vez, incluso sonrió de vez en cuando. Me temo que está enamorado de verdad de mí porque ni siquiera me riñó ni una sola vez cuando ya no pude evitar reírme de él.

Cuando pasó la parte oficial, Thomas y yo nos sentamos en un banco en el jardín y nos quedamos allí escondidos. Le leí en voz alta los *Cuentos de Grimm* que el tío Alfred nos había enviado de regalo hasta que nos quedamos sin luz solar.

Teniendo en cuenta el escepticismo con el que mi tío reaccionó al compromiso, su regalo fue muy adecuado, y el único con el que los dos supimos qué hacer.

Lástima que no pudieras venir. Espero que te hayan ido bien los exámenes y que en la sesión matinal de artes libres de la que me escribes en tu carta también pudieras hacer los contactos que querías. Me parece una decisión fantástica que quieras dedicarte a la política para defender los derechos de las mujeres, y te apoyaré con mucho gusto en lo que pueda.

Me alegro de volver a la biblioteca, a los libros y a ese ambiente, a Oscar y Cody. A sentirme útil.

Sin embargo, no me quito de la cabeza la idea de una librería. Tengamos ideas fantásticas, completamente alejadas de la realidad, cuando nos veamos.

Tu amiga del alma,

*Animant*

# Animant Crumb

Al buscar mis primeros borradores de Animant comprobé que la idea básica de este libro existía mucho antes de lo que pensaba.

Mis primeros dibujos de Ani son de 2003. Por aquel entonces aún era la adorable asistenta con orejas de elfo de un archivero gruñón y mágico llamado Maurice. Se llamaba Hanna Thomson y recibía el apodo de Anny.

Una noche, mientras le daba vueltas en la cama, me pregunté si no podía sacar un nombre original a partir de Anny. Así que, mientras me quedaba dormida poco a poco, me puse a encadenar sílabas sin ton ni son, una detrás de otra, que empezaban por «Ani».

Al día siguiente por la mañana, solo quedaba un nombre en mi cabeza: Animant.

Mi primera idea de ella era la de una chica agradable y tranquila con el cabello castaño oscuro, las mejillas rosadas y unos ojos con un brillo romántico y soñador.

Sin embargo, luego llegó la noche decisiva en que no podía dormir y no paraba de repasar en mi mente la historia. Era incapaz de ordenar las ideas, así que cogí sin vacilar el portátil para plasmar sobre el papel las primeras palabras.

Así, entre las dos y las tres de la mañana surgió el prólogo que lo ordenó todo en mi cabeza. De pronto, Animant ya no era una chica dulce que se enfrascaba en la lectura de novelas románticas y fantaseaba con un gran amor. Era sutil, sarcástica, en ocasiones incluso arrogante.

Aproximadamente en la misma época descubrí una fotografía en Internet que completó mi idea de Ani. Era una chica rubia con un libro delante de la cara y unos ojos pícaros. Así que cambié el color del pelo de Animant, sus objetivos y deseos, y así empecé mi primera novela histórica, sin saber qué me esperaba.

# Disfrute del té

**Earl Grey**
con un
Chorrito de leche
y azúcar

**English
Breakfast**
con un chorrito
de leche

**Assam**
con nata y azúcar

**Menta**
con miel

**Darjeeling**
con
limón

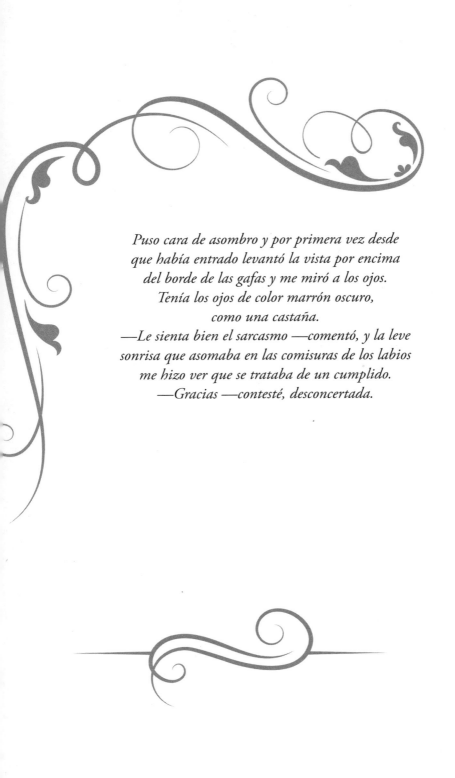

*Puso cara de asombro y por primera vez desde
que había entrado levantó la vista por encima
del borde de las gafas y me miró a los ojos.
Tenía los ojos de color marrón oscuro,
como una castaña.*

*—Le sienta bien el sarcasmo —comentó, y la leve
sonrisa que asomaba en las comisuras de los labios
me hizo ver que se trataba de un cumplido.*

*—Gracias —contesté, desconcertada.*

20 de mayo de 1891

Querida Animant:

Ya hace tres semanas que volví a Londres y no ha pasado absolutamente nada. Ya sé que los amantes se escriben frases románticas, pero no tengo ni idea de qué contarte.

La actividad en la biblioteca transcurre como siempre. Oscar y Cody están sorprendentemente contentos de que haya vuelto. No paran de preguntarme por ti. Sobre todo Cody.

La noticia de nuestro compromiso ha corrido como la pólvora. Dios, ¿cómo puede ser que haya algo de lo que no he hablado con nadie y aun así lo sepa todo el mundo? No entiendo las ganas de chismorreos de la gente.

Ya lo sabe hasta la señora Christy, y le manda saludos.

Tiene que haber pasado algo. Por lo general, siempre salía despavorida en cuanto yo entraba en la casa. Y ahora parece sentirse autorizada a honrarme con monólogos que duran minutos. Como si no tuviera nada mejor que hacer con mi tiempo.

El mundo está loco.

Por suerte, vuelves a Londres dentro de una semana. Esta locura tiene que terminar. No sé cómo afrontarlo, aparte de decirles que se dirijan a ti.

*Querida Animant:*

Ya hace tres semanas que volví a Londres y no ha pasado absolutamente nada. Ya sé que los amantes se escriben frases románticas, pero no tengo ni idea de qué contarte.

La actividad en la biblioteca transcurre como siempre. Oscar y Cody están sorprendentemente contentos de que haya vuelto. No paran de preguntarme por ti. Sobre todo Cody.

La noticia de nuestro compromiso ha corrido como la pólvora. Dios, ¿cómo puede ser que haya algo de lo que no he hablado con nadie y aun así lo sepa todo el mundo? No entiendo las ganas de chismorreos de la gente.

Ya lo sabe hasta la señora Christy, y le manda saludos.

Tiene que haber pasado algo. Por lo general, siempre salía despavorida en cuanto yo entraba en la casa. Y ahora parece sentirse autorizada a honrarme con monólogos que duran minutos. Como si no tuviera nada mejor que hacer con mi tiempo.

El mundo está loco.

Por suerte, vuelves a Londres dentro de una semana. Esta locura tiene que terminar. No sé cómo afrontarlo, aparte de decirles que se dirijan a ti.

Tu amiga Elisa Hemmilton me buscó hace unos días en la biblioteca para darme un mensaje de la señorita Brandon-Welderson. ¿Por qué no mencionaste que la señorita Hemmilton es su protegida? ¿O es que se me olvidó?

Por lo menos es un cambio agradable pasar a comunicarse por carta, en vez de que se presente aquí en persona. Sobre todo porque he llenado de libros el espacio que quedaba libre en el armario.

Además, la señorita Hemmilton se disculpó personalmente conmigo por el complot de piratas que ideasteis entre las dos. En realidad, es una insolencia revestida de acto de nobleza para que parezca adecuada.

No puedo por menos que felicitarte por la elección de tu confidente. Me hace sentir muy halagado que te rodees de personas que me puedan caer bien.

También me honró con su visita tu tío, pero no sé cómo interpretar su comportamiento. Trasmitía una mezcla delicada de rabia contenida y resignación por tener que aceptarme como parte de la familia. Me dieron ganas de soltar una carcajada, pero me daba miedo que me arrancara la cabeza de un mordisco.

De verdad. El mundo está loco. Vuelve rápido, antes de que yo también pierda la cabeza.

¿Qué pasaría si un hombre con mis defectos de carácter conversara con otras personas sobre nuestro compromiso? No quiero ni pensar en los daños que podría causar.

Por favor, tráeme la novela sobre *El viaje de ida y vuelta de Jackson Throug a la India*. No pude terminarlo en vuestra casa.

Con todo el amor que albergo en mi corazón,

*Thomas*

# Thomas Reed

Siento debilidad por los hombres gruñones. Los silenciosos a los que hay que descifrar primero. Esos con los que hay que pasar mucho tiempo para entender cómo piensan y sienten porque no son fáciles de leer.

Incluso cuando son de tu propia invención.

Thomas Reed no era un desafío solo para Animant, también para mí. ¿Cómo se escribe un personaje que al principio debe parecer antipático, pero que se hace querer desde el primer momento?

Al principio, Animant lo ve como un hombre maleducado y arrogante que la desprecia y la sobrecarga de trabajo para deshacerse de ella lo antes posible. Sin embargo, con cada nueva faceta que descubre de él, la imagen que se ha compuesto Thomas Reed se va transformando.

Para mí siempre fue muy importante que el personaje del señor Reed no cambiara. No quería una historia donde al principio fuera un canalla malvado y luego fuera abandonando sus rasgos negativos a medida que crecieran sus sentimientos hacia ella. Quería un personaje coherente.

Al principio es maleducado y al final lo sigue siendo, nunca consigue mantener el orden y consigue al mismo tiempo ofender a Animant y hacerle un cumplido.

Lo que cambia es la perspectiva de Animant.

Ella comprende cuál es su intención, a qué le da valor y qué le importa.

Además, a través de él también ve sus propios errores, como en un espejo, aunque ella no lo vea así en los primeros capítulos de *La biblioteca de los sueños imposibles*.

Eso ofrece cierto potencial de conflicto.

Lo que más me gusta escribir son sentimientos y discusiones acaloradas o peleas. En el caso de Animant y su bibliotecario, me procuró un gran placer hacer que colisionaran sus duras cabezas.

# Los entresijos del señor Reed

*o lo que ocurrió entre el último capítulo*
*y el último de verdad*

«Solo es una mujer cualquiera», pensó al verla por primera vez. Por cómo entró ella al lado de su tío en la biblioteca, con la cabeza bien alta, la actitud de jovencita rica que cree que el mundo le debe algo, solo pensó en ahuyentarla lo antes posible de sus sagradas estancias.

¿Cómo iba a saber que sus ojos no brillaban así porque el viento que soplaba fuera era gélido, sino porque sentía lo mismo que él la primera vez que entró en la biblioteca? La marea de libros que le aceleraba el corazón y el seductor hormigueo del saber.

Pensaba que sería fácil deshacerse de ella. Llevar a una chica mimada al borde de la desesperación tendría que ser pan comido para él.

Sin embargo, lo que sentía ahora ya no tenía nada que ver con juegos de niños.

Fuera nevaba de forma incansable y el frío chocaba contra los cristales de las ventanas. Obstinado, Thomas Reed se ciñó más el abrigo porque no había hecho el esfuerzo de encender la chimenea de la habitación contigua, y no quiso pensar en que ella lo habría hecho de haber estado allí.

Porque no estaba allí. Y era mejor así.

Por lo menos eso se dijo él, se aferraba a ello como a un salvavidas en alta mar.

Fatigado, desvió la atención de nuevo hacia la carta que tenía por escribir y suspiró nervioso cuando se dio cuenta de que había vuelto a manchar de tinta el papel con la pluma estilográfica mientras estaba perdido en sus pensamientos.

Maldita sea, ¿qué le pasaba? ¿No debería mejorar con el paso de las semanas, en vez de empeorar? ¿No se decía que el tiempo todo lo cura?

Dejó los utensilios de escritura en algún lugar del terrible caos que reinaba en su mesa y aplazó la carta para más tarde. No lograba suficiente concentración.

Para eso debería haber dormido más. Sin embargo, el sueño se había ausentado después de que el día anterior llegaran las últimas cajas que había que sustituir tras la debacle con la valija de ultramar.

Aquello lo sacó de su calma estoica y metió de nuevo el dedo en la llaga en que se había convertido su corazón destrozado. Por la mañana recordó el momento en que le esperaban la lluvia, los vidrios y los libros destrozados. Había llegado demasiado tarde, impedido por el fuerte viento, y temía que justo ese día se hubiera hartado de una vez por todas de sus pullas.

Sabía que ella tenía espíritu combativo, lo demostraba con cada día que superaba y mantenía la compostura. Era sorprendente verlo, y además quedaba la pregunta: ¿por qué? ¿Por qué una chica rica trabajaba en una biblioteca hasta llagarse los dedos?

Sin embargo, cuando subió corriendo la escalera y vio la destrucción de los libros, de pronto Thomas fue consciente de cuál era el motivo. Tenía los ojos azules empañados de lágrimas, el rostro dulce deformado de puro horror, como si hubiera presenciado un asesinato.

Estaba allí por los libros.

Tal vez también por orgullo o terquedad, o algo más. Pero en lo más profundo de su corazón estaban los libros.

¿Cómo podía hacerle la vida imposible a una chica que había llegado allí como él hacía tantos años, cuando aún era el hijo del carnicero y acarició con los dedos sucios los lomos de los libros con un aire reverencial?

Thomas había superado las convenciones y las posiciones sociales para ser bibliotecario. Y ella estaba haciendo lo mismo.

Animant Crumb.

Solo con pensar en su nombre sentía un calor en el alma, y al mismo tiempo se le rompía en pedazos. Su mirada irónica, la sonrisa siempre educada en los labios que encubría sus verdaderos pensamientos; la manera de burlarse de sus arrebatos de mal humor.

Alguien llamó a la puerta y lo devolvió al presente.

—Pase —dijo descortés, aunque preferiría estar solo. Sin embargo, no servía de nada excluirlos a todos. Tenía una biblioteca que dirigir. Aunque ella no estuviera.

—Señor Reed —le dijo Oscar con educación, y se aclaró la garganta con la mirada gacha y una actitud a la defensiva para escapar del mal humor de Thomas Reed, por si le llevaba de nuevo a lanzar el pisapapeles a su ayudante.

—¿Qué ocurre, Oscar? —preguntó, esforzándose por no dar tantas muestras de su mal humor como durante las últimas seis semanas.

Seis semanas. No podía creer que hubiera sobrevivido tanto tiempo sin ella.

Lo llevaba bastante mal. Antes siempre disfrutaba de su posición de bicho raro porque no tenía que fingir con nadie. Hasta que ella se coló en su corazón.

Fue el día en que ocurrió el accidente.

Él acababa de terminar una solicitud y estaba asombrado de lo rápido que trabajaba cuando reinaba el orden en su despacho. Por supuesto, nunca lo había admitido delante de Animant, y, pese a todos los esfuerzos sinceros, tampoco era capaz de mantener el orden.

Un estruendo metálico le hizo levantarse furioso. A diferencia del castañetazo constante de la máquina de localización, que se oía con claridad en su despacho, no sonaba a ruido natural.

Acto seguido se levantó de un salto de la silla y se acercó corriendo con miedo a que hubiera saltado algo en la mecánica que paralizara toda la maquinaria. Nadie podía permitírselo.

Sin embargo, la puerta estaba abierta y más al fondo avistó la caja con las tarjetas estrechas donde Animant Crumb había grabado palabras clave.

El susto le recorrió el cuerpo, mucho más intenso de lo que esperaba. Gritó su nombre, obtuvo una respuesta, tan lastimera que quiso salir corriendo hacia ella ahí mismo.

El hecho de sacar en brazos de la máquina a su fuerte luchadora afligida, temblorosa y llorando le conmovió el alma y lo sumió en un abismo que llevaba su nombre.

La mirada que le dirigió ella al alzar la vista y agradecerle haberla salvado, los ojos que se dirigían hacia su salvador, acabaron de sellar su destino.

Aunque no hubiera querido admitirlo hasta ese vals bajo la luz de las velas de un baile, añoraba volver a notar esa mirada, ser su salvador y llevarla en brazos como ese día decisivo hacia donde los llevara su viaje.

Sin embargo, no era así. Resultaba que no podía ni llevarla en brazos ni ser su salvador.

Si él le hubiera permitido quedarse, la habría abocado a la desgracia, de eso estaba seguro. Aunque de noche, cuando buscaba conciliar el sueño y daba vueltas, soñara que él podría llegar a estar a su altura.

—Un estudiante necesita consejo —le comunicó Oscar, y Thomas Reed soltó un bufido.

—¿Y dónde está el señor Chamberly? —preguntó rezongón, y ya imaginaba qué había sido de ese bobo ingenuo.

—Dimitió ayer, señor —le confirmó Oscar, y él asintió. Otro asistente que no le llegaba ni a la suela del zapato a Animant. Era imposible, ella era perfecta.

La idea de enfrentarse ahora a la incompetencia de un estudiante que ni siquiera conseguía recorrer el alfabeto hacia atrás y que por eso no encontraba sus libros no era precisamente lo que tenía *in mente* como distracción, pero aprovecharía lo que pudiera.

—Espera junto a la jurisprudencia —se apresuró a aclarar Oscar cuando el bibliotecario se quitó las gafas de lectura de la nariz y se las guardó en el chaleco.

—Yo me ocupo. Gracias, Oscar —exclamó, y miró a los ojos sorprendidos de su empleado.

Oscar puso pies en polvorosa y desapareció sin hacer ruido del despacho.

Thomas Reed sacudió la cabeza, consciente al mismo tiempo de que era culpa suya. Oscar y Cody lo evitaban. Todo el mundo, cuando podía, lo evitaba.

Si hubiera tenido elección, él también se hubiera evitado. Pero tenía que vivir consigo mismo. Con el mal humor y los sueños egoístas en los que la chica volvía a estar en su casa pasando con sus dedos las páginas de un libro. Con la mirada fija en el texto, sumida en sus pensamientos entre las líneas, hasta que él se acerca y ella levanta la cabeza. En sus sueños hacía lo que en la vida real se tenía estrictamente prohibido: la besaba.

La habría besado.

Thomas Reed se colocó bien el chaleco, se recompuso y salió del despacho al pasillo circular. Las nubes pendían grises en el cielo y se desplazaban con rapidez por la cúpula de cristal, a través de la cual entraba la escasa luz del nuevo año.

No, mejor no haberla besado. Por lo demás, solo había otra cosa que echaba de menos. Otro recuerdo que lo asaltaba cuando pisaba los lugares conocidos, la biblioteca, su casa. Lo peor era el cuartito donde ella vivía y que él había vuelto a llenar de libros.

No debería haber permitido jamás que se mudara allí, tan cerca de él. Cuando le enseñó la habitación, estaba convencido de que la iba a rechazar, que la espantaría la vida incómoda. Sin embargo, no fue así.

Había accedido a disgusto a la idea de que una mujer se mudara al cuarto de al lado, sobre todo desde el momento en que la sacó en brazos de la máquina, ya que cada vez le devoraba más el corazón.

Le entregó enseguida la llave de la puerta del pasadizo, aunque solía guardarla él porque a los idiotas que antes vivían en la habitación no quería darles la oportunidad de poder entrar en su piso.

Sin embargo, ese día confió en el carácter severo y recto de Animant, le atribuía más fuerza que a sí mismo y había aceptado la tentación sabiendo que no podía entrar en la habitación.

Entonces ella fue a verlo. Mientras lidiaba con la fiebre y su enamoramiento, que tras el baile había ido decayendo, entró en tromba en su casa para calmar su alma intranquila.

Su testaruda y maravillosa Animant.

Cuántas noches en vela le había costado saber que estaba solo a una habitación. Y cuántas ahora que ya no estaba allí.

Mientras bajaba los escalones su mente regresó al aquí y ahora, y recorrió los escasos pasos que lo separaban de uno de los estudiantes que, a tan poco tiempo de Nochevieja, ya se dedicaban a sus asignaturas de la universidad. Él alzó enseguida la mirada, pero Thomas Reed no lo conocía y lo bombardeó con preguntas tan ingenuas que le entraron ganas de largarse corriendo. Le costó contenerse y no echarle en cara a ese deficiente mental que con una capacidad de comprensión tan limitada jamás conseguiría terminar la carrera de Derecho.

Sin embargo, cuando se les acercó otro estudiante para pescar con resolución uno de los libros de la estantería, toda la rabia que el bibliotecario sentía en los pulmones se esfumó para dejarlo sin aliento. El joven era alto, murmuraba para sus adentros mientras buscaba un segundo libro y tenía la misma cara que su hermana.

A Thomas Reed se le aceleró el pulso y los nervios le subieron por los dedos. Solo era su hermano, Henry, pero representaba un vínculo directo con la chica que añoraba con tanto fervor.

¿Cómo estaba? ¿Aún estaba en casa de sus padres, lejos, en algún lugar cerca de Bath? ¿A qué dedicaba su tiempo? ¿Qué estaba leyendo? ¿Pensaba de vez en cuando en él?

Las preguntas se le acumulaban en la punta de la lengua mientras se esforzaba porque no le brotaran todas de golpe.

Henry Crumb levantó la cabeza como si hubiera notado que alguien lo miraba y le hizo un gesto amistoso a Thomas Reed cuando sus miradas se encontraron.

—Señor Reed —le saludó incluso, y el bibliotecario se acercó a él y olvidó por completo a los demás estudiantes.

—Señor Crumb, me alegro de verlo —contestó al joven, y notó la tensión en sus palabras que lo delataban.

—¿De verdad? —Henry Crumb parecía sorprendido, como si supiera que la frase de Thomas Reed escondía segundas intenciones por interés.

Intentó con todas sus fuerzas fingir inocencia, pero estaba demasiado tenso para practicar ese arte. De su boca solo salían descortesías.

—¿Cómo está su hermana? ¿Ha hablado con ella? —preguntó con dificultad, se le trababan las palabras en la lengua.

Henry Crumb asintió, no hizo caso del tono antipático e incluso sonrió.

—Sí, fui a casa por Navidad. Creo que echa mucho de menos Londres —aseguró, escudriñó a Thomas Reed con la mirada y el bibliotecario se estremeció por dentro.

¿Acaso lo sabía todo y jugaba a esa amistad educada con la misma brillantez con la que era capaz de hacerlo Animant?

—¿Le ha dicho qué ha pasado? —preguntó luego, y el joven estudiante lo negó con la cabeza.

—No, señor Reed —contestó él, la sonrisa se volvió rígida y soltó un leve suspiro—. Pero no es de extrañar, porque mi hermana hace unas semanas que casi no habla.

Thomas Reed sintió como una mano invisible le arrancaba el corazón del pecho y lo destrozaba sin compasión. En los momentos de debilidad le gustaba imaginársela en su casa, con la mirada perdida, sufriendo igual que él todos los días.

Sin embargo, no se lo deseaba, por supuesto. Quería verla en el futuro, fuerte y luchadora, con la cabeza bien alta, bondad en los ojos y burla en la lengua.

—¿Entonces lee? —preguntó, a sabiendas de que una buena historia podía ser consuelo de muchas cosas. Muy de vez en cuando, cuando reunía la concentración necesaria y se sumergía mentalmente unos momentos en una novela, también le resultaba más fácil respirar.

—A veces —dijo sin embargo Henry Crumb, y por su expresión quedaba claro que a él también le parecía preocupante.

Thomas Reed tragó saliva.

—¿A veces? —preguntó con incredulidad.

Una Animant que no leyera no se correspondía con la realidad. Los sentimientos de culpa se abrieron paso, lo asaltaron, estuvieron a punto de asfixiarlo y de escaparse del todo por la expresión de su rostro.

—¿Está preocupado por ella? —preguntó Henry, pero el bibliotecario esperaba que se tratara de una pregunta retórica, porque no consiguió contestar: se limitó a agarrarse con una mano a una estantería. ¿De verdad podía estar tan mal que abandonaba su mayor pasión?

—¿Señor Reed?

Con todo, si era cierto, ¿podía hacer algo él? ¿Debería quizás enviarle un libro? ¿Podía inmiscuirse?

—¡Señor Reed!

Thomas Reed alzó la vista y miró directamente a los ojos azules de su interlocutor. Era aterrador y fascinante al mismo tiempo lo mucho que se parecían los rasgos de la cara de Henry y Animant.

—Usted quiere a mi hermana —soltó de pronto Henry, como si lo hubiera leído en su rostro, y Thomas Reed se puso enseguida recto como un palo.

El pulso se le aceleró al máximo, las pupilas se dilataron y le faltaba el aire cuando el terror le arrebató de forma inesperada el aire de los pulmones.

—Señor Crumb, eso es..., debería..., no debería sacar conclusiones precipitadas —exclamó con la voz entrecortada, pero el chico no le escuchaba, se limitaba a sacudir la cabeza, fascinado, y a retirarse hacia atrás el cabello rubio oscuro.

—Eso explica algunas cosas —susurró más para sí mismo, y Thomas se cruzó de brazos, a la defensiva, porque no sabía qué más hacer.

—¿De verdad? —se limitó a bufar.

Henry alzó la vista hacia él de nuevo, sorprendido, prácticamente lo atravesó con su aire de investigador.

—¿Qué ha pasado? Quiero decir, Ani se fue de Londres de un día para otro. Y eso a pesar de que es evidente que sufre un terrible mal de amores —preguntó, con cierta desconfianza.

—¡Yo nunca toqué a su hermana! —se apresuró a defenderse el bibliotecario, que separó los brazos. Si algo quería evitar era que Henry Crumb sacara conclusiones equivocadas.

Sin embargo, el chico se echó a reír, y se calmó enseguida cuando su voz sonó mucho más firme en la sala de lectura.

—Señor Reed, eso jamás se lo reprocharía. —Bajó la voz y dio un paso hacia él para continuar la conversación con más intimidad—. Aunque a algunos les cueste creerlo, yo tengo una opinión excelente de usted y le considero un hombre decente y fantástico.

Al propio Thomas Reed le costaba creerlo, así que puso cara de escepticismo.

—Me sorprende —confesó, y Henry se limitó a sonreír.

—Pero se quieren —dijo él, volviendo al único tema que Thomas no quería comentar en absoluto. Ni con Henry Crumb ni con nadie.

Habría preferido olvidarlo sin más, pero sabía perfectamente que no podía. Ya había superado en una ocasión un amor infeliz, pero no era ni de lejos comparable con lo que sentía por Animant Crumb.

De nuevo, ella irrumpió en sus pensamientos, enumerando con aire sabiondo títulos de libros y nombres de autores, con esa caída de ojos, sin ser consciente de hasta qué punto lo atrapaba en su hechizo.

—No lo sé. La señorita Crumb nunca me lo dijo —aseguró, y la mentira hizo que la rabia remitiera con amargura.

Ella nunca se lo expresó con palabras, pero él era muy consciente.

—Pero usted sabe que la quiere.

Henry fue al grano y Thomas Reed soltó un bufido, ya no podía seguir defendiéndose de la conversación. Por supuesto, le daban ganas de irse sin más, volver a encerrarse en el despacho y esconder la cabeza en su trabajo. Sin embargo, no pudo. Henry no era su hermana, pero hablar con él le hacía sentir cierta cercanía con Animant. Rechazarla sin más le resultaba demasiado duro. Aunque nunca pudiera estar con ella.

—Señor Crumb, aunque así fuera, no tendría sentido. Durante los últimos días en su puesto, Animant… —Se aclaró la garganta—. La señorita Crumb estaba muy preocupada por el asunto familiar que…

—Mi compromiso con Rachel —añadió con sinceridad Henry Crumb, que enseguida supo de qué se trataba, y el bibliotecario se alegró de no tener que decirlo él. Al fin y al cabo eran asuntos en los que él no se había inmiscuido. A decir verdad, no debería estar al corriente de asuntos tan personales de otras personas.

—Sí —admitió, y no aguantó la mirada de Henry Crumb, que lo estudiaba con mucho detenimiento, como si pudiera leerle la mente.

—¿Usted era su confidente?

Thomas Reed negó con la cabeza.

—Solo mencionó que su padre no consideraba que ese enlace fuera un buen partido —repitió esas odiosas palabras y quiso ahogarse. Eso fue el principio del fin, el golpe letal a sus esperanzas que acto seguido se desvanecerían de una forma lamentable para dejarlo solo en la oscuridad.

Henry respiró hondo y luego sacó el aire despacio.

—Cielo santo —suspiró—. Entiendo. Pero se equivoca, señor Reed.

—¿Perdone?

El bibliotecario levantó la cabeza, confundido porque pensaba que había oído mal. Le dio un vuelco el corazón y empezó a sentir un zumbido en la cabeza provocado por todas las minúsculas briznas de esperanza que él sofocaba con crueldad.

—¿Ha rechazado a mi hermana porque ha dado por hecho que mi padre no aprobaría la relación? —Henry Crumb dio en el clavo y se puso a gesticular en el aire con el libro que sujetaba en la mano—. Bah, no conteste, ¡se lo veo en la cara! —exclamó con vehemencia, y miró a los ojos a Thomas Reed—. ¿Usted quiere a mi hermana?

—Señor Crumb, yo… —balbuceó él, incómodo, y el estudiante le puso el dedo índice en el pecho en un gesto doloroso; se habría tambaleado hacia atrás de no haber seguido agarrado a la estantería.

—¿Usted quiere a mi hermana? Es una pregunta sencilla, sí o no —le apremió, y Thomas Reed sintió que le iba a reventar el cráneo.

—Sí —contestó en un tono apenas audible, y así abrió las puertas del rincón más remoto de su ser.

Henry volvió a clavarle el dedo en el esternón.

—¡Entonces escríbale, bobo! —masculló como si fuera una serpiente peligrosa, y la mirada se le ensombrecía cada vez más—. Porque está cometiendo un grave error.

Animant sabía sorprender de verdad al bibliotecario con sus arrebatos de ira y a él no le quedaba más remedio que ceder, pero Henry no le iba a la zaga.

—Al principio, mi padre no aprobaba mi compromiso porque Rachel es de origen judío. No tiene nada que ver con el dinero o la posición social. Y para convencerlo del todo, le invitaré con mucho gusto a nuestra boda. Se celebrará el 8 de abril.

Thomas Reed estaba desconcertado, notaba como las ideas le daban vueltas en la cabeza, tardó demasiado en clasificar correctamente esa información nueva.

—¿Su padre ha accedido? —preguntó, confuso, sin entenderlo; a lo mejor no quería entenderlo porque para él significaría más de lo que podía soportar en su frágil estado.

—Mi padre no es ni mucho menos tan terco como se lo imagina. También sabe reconocer el verdadero amor cuando lo ve —añadió Henry, que luego hizo un gesto de desdén—. Además, para alguien como usted, un hombre con estudios y un puesto directivo, debería ser fácil gustarle a mi padre como yerno.

—Eso es… —Thomas Reed necesitó primero respirar hondo. Siempre había dado por hecho que no era lo bastante bueno para la familia de Animant, y que su padre sin duda jamás cambiaría de opinión.

Probablemente fuera porque partía de su propio padre, que después de tantos años aún no había perdonado que no fuera carnicero y en cambio hubiera hecho carrera académica. ¿Cómo podía equivocarse tanto?

—No puedo escribirle así, sin más —exclamó, y sintió que una ola de culpa lo inundaba.

Había dejado que Animant se fuera, había creído saberlo todo con su inteligencia y ahora comprobaba hasta qué punto se equivocaba.

—Por supuesto que puede —le contradijo Henry Crumb—. Y si no lo hace, le juro que pasaré todos los días por aquí a darle una patada en el culo hasta que lo haga —gruñó, y le demostró la intensa rabia que solo los hermanos mayores pueden sentir—. ¡Si Animant sigue hecha un baño de lágrimas por usted, aunque también la quiera, tendré que cambiar la buena opinión que tengo de usted, señor Reed! —añadió con obstinación, se metió el libro bajo el brazo en un gesto elocuente y lanzó al bibliotecario una mirada tan asesina que Thomas Reed sintió un escalofrío—. Nos vemos mañana —concluyó el joven su amenaza, y volvió a su mesa, donde se amontonaban los manuales.

Thomas Reed pasó el resto del día como si estuviera en trance. Reproducía una y otra vez en su mente la conversación que había tenido con Henry Crumb, y no entendía cómo podía haberse equivocado tanto.

Había herido a Animant Crumb a propósito, la había ahuyentado para ahorrarle un dolor absurdo y ahora descubría que eso era justo lo que le había provocado.

Hasta que no se desplomó en la cama por la noche, exhausto, y notó las sábanas frías bajo las manos, no comprendió qué significaba todo aquello. Todas las noches, cuando se dejaba llevar por sus sueños, débil de cansancio, deseaba tener a Animant a su lado, riendo en la habitación, leyendo en el sofá, durmiendo en sus brazos, no eran más que deseos tormentosos que nunca se iban a cumplir.

Sin embargo, ahora sabía que solo se estaba poniendo palos en las ruedas. Todo eso podía hacerse realidad.

El sentimiento de culpa y el dolor por la separación volvieron a sacarlo de la cama, aunque se movía con lentitud por el cansancio. Se sacudió, se dio palmadas en las mejillas para despertarse, retrocedió en el cuarto y encendió la lámpara que siempre estaba sobre el escritorio.

Infinidad de palabras le daban vueltas en la cabeza al pensar en escribir una carta, y aun así no lograba empezar. Incluso se sentó en la silla del escritorio para coger papel y una pluma estilográfica, pero se levantó de nuevo para caminar inquieto por la habitación.

«Querida Animant», empezó, y el sentimiento de culpa se volvió aún más fuerte, le oprimió el tórax y amenazó con asfixiarlo.

¿Aún era su querida Animant? ¿De verdad podía tomarse la libertad de dirigirse así a ella?

«Estimada señorita Crumb», escribió en la hoja, pero sacudió la cabeza, nervioso, y arrugó el papel.

¡Cielo santo! Al fin y al cabo, él no era escritor, poeta, ni siquiera un simple romántico. ¿Cómo iba a plasmar sobre el papel cuánto la quería, lo que ocurría en su corazón cuando esbozaba esa sonrisa pícara, cuando le saltaban chispas de los ojos de ira, cuando estaba tan cerca de él que solo necesitaba hacer un sencillo movimiento para besarla?

¿Por qué no la había besado nunca?

Se atusó el pelo, nervioso. No era del todo cierto: sí la había besado. En la frente y una sola vez, pero lo hizo con gran placer.

Sus recuerdos volaron a esa noche en el Fingerhut, con sus hermanos. Habían convencido a Animant para que los acompañara solo para obligarle a ir él. Eso podía perdonárselo, pero no que se divirtieran a costa de la chica.

Su preocupación se agravaba por el miedo a que la cantidad de alcohol que le habían añadido a escondidas pudiera matarla. Estaba seguro de que por lo menos Jimmy notó enseguida lo mucho que le afectaba, al ver su reacción colérica y llevarse a Animant a casa.

Había intentado conversar en vano cuando intentaba mantenerla despierta en el coche, y con la leve embriaguez que también él sentía se tomó demasiadas libertades. Una mano en la cintura suave, el olor del cabello en la nariz, su calor muy cerca de su cuerpo. Cien mil tentaciones en su mente.

Sin embargo, al final se quedó dormida y solo le cabía esperar que no hubiera oído el resto de las palabras que había pronunciado, cuando le confesó que jamás sería lo bastante educado y agradable para estar a su altura. Triste, pero cierto.

La llevó en brazos a su habitación, se sintió como el noble caballero que no era porque aprovechó la situación con descaro al posar los labios en la frente para saborear un poco más su piel suave.

Thomas Reed dio un puñetazo sobre el escritorio, hundió la cara en las manos y notó que el mundo se desmoronaba alrededor porque él no conseguía escribirle.

De haber tenido alcohol en casa se habría servido con generosidad. Sin embargo, ya había pasado por momentos así de malos y se había jurado no repetirlo. El alcohol no le procuraba ningún alivio, solo lo arrojaba aún más hacia lo más profundo de los sentimientos que corrían por sus venas y que con cada día que pasaba lo envenenaban aún más.

Destrozó el siguiente intento de encontrar las palabras adecuadas, y también el siguiente, se enfadó por su propia debilidad y su espíritu dramático, tan absurdo como ridículo.

La había ahuyentado con sus frases atroces, la había visto salir llorando de la biblioteca, aunque sabía perfectamente cómo se sentía.

Tuvo la certeza desde el momento del armario. Había sido demasiado fácil llevársela a ese espacio tan angosto, y ella se había quedado sentada muy solícita, por increíble que fuera la situación que él había provocado.

Animant se fue acercando a él maldiciendo en voz baja, se apoyó a su lado, dejó que se fundieran en un abrazo y al final entrelazara los dedos con los suyos. A partir de ese momento, sintió ganas de besar a Animant allí mismo, pero temía no poder mantener bajo control las evidentes reacciones de su cuerpo, y bajo ningún concepto quería asustar a la chica que estaba en su regazo.

Así que aguantó hasta que recuperó el control de sí mismo y tuvo que separarse de ella para no perder la cabeza del todo.

Animant tenía las mejillas tan encendidas que no pudo evitar burlarse de ella, que se fue a toda prisa. Sin embargo, su mirada de ojos de color azul nomeolvides le reveló todo lo que había soñado alguna vez.

Sabía que ella no había estado enamorada porque en el baile había admitido el error con el abogado. Ni siquiera parecía sentir mucha afición por la literatura romántica, y Thomas se había preguntado en numerosas ocasiones cómo se conquistaría un corazón tan testarudo.

Ahora que le tocaría hacerlo a él, la trataba a patadas.

No se la merecía, lo sabía con todo su ser, y aun así tendría que intentarlo.

Ni siquiera fue consciente de que se volvía a sentar al escritorio y preparaba un pliego nuevo de papel. Sin embargo, cuando la pluma rascó el áspero papel de flores y la tinta negra devoró las fibras blancas, no supo cómo iba a soportar su ausencia, haberla dejado marchar.

«Vuelve conmigo.»

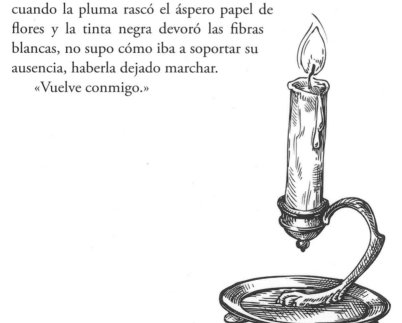

# Una novela histórica

En realidad, nunca tuve la intención de escribir una novela histórica. Siempre pensé que la investigación sería algo pesado y aburrido, y de todos modos me las arreglaba mejor con la imaginación.

Sin embargo, la historia de *La biblioteca de los sueños imposibles* ya hacía tiempo que me rondaba y la época victoriana siempre me había fascinado.

Mi amor por esa época surgió con *Estudio en escarlata*, de Arthur Conan Doyle, continuó cuando en mis estudios mi asignatura preferida pasó a ser Historia de la Moda, y se amplió con diversas películas de época y series criminales.

Al principio, la investigación me resultó realmente difícil. Invertí tres cuartos de hora en averiguar cómo se llamaba el grupo profesional que por aquel entonces recorría las calles con unas varillas largas para encender las farolas de gas a mano.

Además, no os lo vais a creer: se llaman faroleros. (Acaba con la frente contra la mesa.)

Sin embargo, una vez que has empezado, ya no se puede parar. ¿Sabíais que hasta pasado 1900 no pudieron curar el cólera con penicilina? ¿O que el rímel resistente al agua no fue descubierto por alguien dedicado a la cosmética o por un químico, sino por una actriz y cantante que en algún momento se cansó de que el maquillaje siempre se le corriera sobre el escenario?

# Poema a mi amada

de Henry Crumb

*Los rayos de sol se enredan en tu pelo,*
*tus suaves manos envuelven una taza de té*
*y tú sonríes.*
*Mi corazón late solo por tu sonrisa.*

*Tus pestañas descienden con suavidad sobre las mejillas,*
*en el mundo estamos solos tú y yo*
*cuando nos besamos.*
*Mi corazón late solo para tus labios.*

*Apoyas tu frente en la mía,*
*el juego de sombras de las hojas en nuestra piel.*
*Tu alma, cálida y clara como el verano.*
*Mi corazón late solo para tu alma.*

*Donde tú estás, estoy yo.*
*Porque tus brazos son mi hogar;*
*el latido de tu corazón, mi música.*
*Y mi corazón late solo para el tuyo.*

# Henry Crumb

La dinámica entre hermanos ya de por sí es algo especial. Se odian, se quieren. Lo harían todo el uno por el otro y al mismo tiempo jamás se cederían la última porción del pastel.

Cuando imaginé a Animant, tuve claro que no podía ser hija única. Más bien tenía algo de hermana menor.

Así que tenía que haber un hermano.

No reflexioné mucho sobre Henry hasta que de pronto se plantó delante de ella en la biblioteca y la llevó a comer. De forma inconsciente, enseguida acabó con una parte de mi hermano implantada. La mirada sincera, el humor burlón, la preocupación por los demás. Solo que al final no me salió tan impertinente como mi hermano.

Sin embargo, evolucionó hasta llegar a ser un personaje mucho más importante de lo que esperaba. Sus ánimos fueron decisivos para que Animant no se diera por vencida al segundo día y se fuera a casa. También es el primero que no se forma una mala opinión del señor Reed porque reconoce en él muchas virtudes y defectos de su hermana, y así se lo hace ver a ella.

Me encanta cómo se apoyan entre sí, están ahí para todo, maquinan planes y se mantienen unidos.

Eso me abrió el corazón de Henry Crumb y pensé que *La biblioteca de los sueños imposibles* no podía terminar sin que su amor llegara también a buen puerto. Y así fue.

# Rachel Cohan

Durante mi investigación para *La biblioteca de los sueños imposibles* topé con un artículo sobre el antisemitismo.

Cuando se oye hablar de la persecución de los judíos suele vincularse a la Segunda Guerra Mundial. Por eso me impresionó leer que empezó mucho antes.

Más tarde pensé que tenía lógica. Al fin y al cabo, las imágenes irracionales del enemigo no se crean de un día para otro.

En la época victoriana también existían prejuicios horribles contra los judíos. El más mínimo delito que para cualquier otra persona se castigaba con una multa, en el caso de un judío implicaba correr peligro sin ningún tipo de proceso judicial. Los insultaban y miraban con desprecio, aunque a menudo se dedicaban a asuntos financieros y, por tanto, eran adinerados.

El artículo me preocupó tanto que decidí abordar la cuestión en *La biblioteca de los sueños imposibles* por lo menos para insinuar lo terribles que pueden ser los prejuicios. Rachel me ayudó a tratar un problema que hoy en día nos sigue afectando.

Quizá ya no sea el judaísmo el principal afectado, sino otra religión. A veces, el color de la piel, la nacionalidad o algún otro elemento, pero los prejuicios nos impiden ver los corazones de las personas.

Todos tenemos problemas, sentimientos, preocupaciones, esperanzas, objetivos y deseos. En ocasiones, puede ser muy emocionante ver más allá de tus narices y dejar a un lado los prejuicios.

*«Las personas hacen cosas terribles, pero eso no tiene nada que ver con su orientación religiosa, sino con que son personas.»*

# De detalles
# que cambian el mundo

## 1

Los dedos de Rachel vuelan sobre las teclas del piano, mueven los martillitos, tocan las cuerdas, y así crean sonidos que forman acordes y al final suman una melodía.

Todo solo porque ella movía los dedos.

Al padre le encantaba esa canción. Ella le oía silbar en el pasillo, lo que indicaba que estaba mejor de ánimo. Eso haría que fuera más simpático con Janusch cuando saliera de casa y le dedicara unas palabras amables de camino.

Todo solo porque ella movía los dedos.

Quién sabía qué más pasaba. Tal vez afuera, en la calle, un cochero escuchara su canción, se distrajera y provocara un accidente. Las personas pueden causar daños.

O un caballero podía alzar la vista hacia la ventana abierta de la sala de música al preguntarse quién tocaba esa melodía, tropezar con una joven dama ataviada con un vestido de seda y enamorarse.

Todo solo porque ella movía los dedos.

Las acciones más pequeñas tenían consecuencias inimaginables. Algunos días, a Rachel le encantaba imaginar todas las posibilidades y le parecía una gran aventura. Otros se sentía abrumada por la trascendencia de esa idea y le daba miedo lo que pudiera pasar.

El olor a galletas recién hechas le llegó a la nariz y dejó de tocar a medio compás. Miriam siempre se volvía loca con eso, y le reprochaba que por lo menos tocara hasta el final. Sin embargo, a Rachel no le molestaba y disfrutaba incluso de hacer enfadar un poco a su hermana.

¿Qué otra cosa podría haber hecho para endulzarle el día? Allí nunca ocurría nada inesperado. La monotonía del día a día era tan asfixiante que Rachel a veces se preguntaba si era real o solo una imaginación de sí misma, atrapada en un solo día que se repetía.

Se levantó con un suspiro, cerró la ventana de la sala de música y bajó la escalera hasta la planta baja, siempre siguiendo el olor.

Sophie sacó una bandeja del horno al tiempo que le gritaba algo a la señorita Goodbody que se perdió entre el ruido de las ollas. Cuando posó la mirada en Rachel, que estaba quieta esperando a que la descubrieran, le dedicó una sonrisa bondadosa y le dio la bandeja a la chica.

—Cuidado, están calientes —le advirtió la sirvienta, y Rachel cogió con la punta de los dedos una de las maravillosas galletas redondas que emanaban su aroma a azúcar y a mantequilla.

Sin embargo, cuando aún la tenía en la mano y estaba a punto de quemarse los dedos, le entraron ganas de tomar un té con el dulce.

Como tanto Sophie como la señorita Goodbody estaban ocupadas, Rachel entró en la cocina, cogió el hervidor y lo llenó de agua. Hizo caso omiso de la mirada de desconfianza de la cocinera y esperó que no se chivara.

Su padre era estricto con esas cosas. A su juicio, sus hijas debían tener una vida de princesas. Sin preocupaciones, sin tener que mover un dedo, con alguien que les leyera sus deseos en los ojos.

Sin embargo, esa vida era como una jaula de oro, y Rachel era un pájaro que no entendía por qué nunca podía aprender a volar.

Dos preciosas grullas decoraban el botecito de cerámica que Rachel cogió de la estantería para abrir la tapa con ilusión. Sin embargo, estaba vacío.

—¿No nos queda Darjeeling? —preguntó cuando Sophie pasó presurosa por su lado y luego hizo una mueca de disculpa.

—Se terminó ayer. Mañana podré ir a comprar un poco si quiere, señorita —contestó—. ¿Quiere que le prepare un Earl Grey?

Rachel lo negó con la cabeza y torció un poco la boca antes de poder evitar que el asco se le notara en el gesto. No le gustaba el Earl Grey y detestaba el potente aroma de la bergamota. Siempre le recordaba al jabón.

—No, gracias, querida Sophie —rechazó la oferta con amabilidad, cogió su galleta y se fue de la cocina.

Antes de poder darle un mordisco, Miriam rompió la mitad del dulce esponjoso en la mano y se lo metió entero en la boca. Rachel sintió el impulso de protestar y exigir su trozo, pero lo dejó pasar. En primer lugar, ya se lo había tragado; y en segundo lugar, Miriam solo quería hacerla enfadar.

Además, en la cocina aún quedaba un ejército entero de esas galletas.

—Vamos a la ciudad —propuso Miriam mientras seguía masticando, y agarró la mano de Rachel loca de alegría.

Rachel se limitó a esbozar una leve sonrisa.

—No puedo creer que papá tenga tiempo para acompañarnos a la ciudad —contestó, aunque entendía el anhelo de su hermana de no seguir encerrada entre las paredes de esa casa.

Desvió la mirada hacia la ventana, hacia las calles de Londres bañadas por el sol, hirviendo de vida.

—Yo pensaba más bien en ir solas. Solo tú y yo —anunció Miriam, y Rachel se estremeció del susto.

Levantó las cejas y clavó la mirada en su hermana, algo mayor, impresionada.

Con cualquier otra persona se habría echado a reír sin más como si hubiera contado un chiste malo, pero con Miriam se sabía que esas locuras siempre las planteaba en serio. Miriam era imprevisible e impetuosa. Tiraba de las cadenas de su vida como si fuera un caballo salvaje y estallaba siempre que tenía ocasión.

—Papá no lo permitirá.

Rachel le recordó las reglas, pero Miriam hizo un gesto de desdén.

—Pues vamos sin preguntárselo. ¿Sabías que Maria solo tiene que informar a su ama de llaves para poder salir? ¿No es increíble? —Se acaloró y empezó a tirar de Rachel tras ella.

Rachel no se resistió, ella misma quería hacerlo, aunque no se lo permitieran. La chispa de la rebelión lidiaba en su interior con el miedo al mundo. Una palabra y las cosas cambiaban. Alguien la llamaba «judía» y toda la seguridad se desvanecía y la devolvía a una ciudad que detestaba a la gente como ella. Los detalles más insignificantes también provocaban grandes cambios. Una semilla podía poner patas arriba el mundo.

Miriam le colgó en la cintura un monederito con dedos hábiles que conjuntaba en el color y como decoración con la seda de color azul claro de la falda. Los dedos de Rachel encontraron la borla y empezó a juguetear nerviosa con los hilos.

—Pero no vamos a hacerlo, ¿verdad? —preguntó Rachel cuando bajó de nuevo los peldaños hasta la planta baja, teniendo aún cuidado de que su padre no las oyera en su despacho.

—¡Claro que sí, Rachel! —se exaltó Miriam.

Rachel sintió frío y calor a la vez.

—¿Y si nos pasa algo? —preguntó, y notó que el miedo le oprimía la garganta cada vez más.

Miriam la miró a los ojos y sonrió con aire aventurero.

—¿No dijiste una vez que un solo paso en falso hace que la escalera se desmorone y te rompas la nuca? ¿No da igual si morimos aquí o ahí fuera?

Levantó una ceja en un gesto desafiante. Era todo un arte: por mucho que lo intentara, Rachel siempre levantaba las dos.

Se volvió y se agarró con tanta fuerza a la barandilla de la escalera que le dolían los dedos.

—Yo prefiero no morir y ya está —se limitó a contestar, y Miriam se rio.

Rachel la envidiaba. El humor se reflejaba en sus ojos, el coraje estaba presente en su actitud y en su mente daba vueltas cierta locura. Ella no reflexionaba las cosas, las hacía sin más, y Rachel solía desear ser un poco más como su hermana.

Sin embargo, no lo era. Era tímida, callada y todo le daba miedo. El mundo era tan gigantesco que la mera idea la abrumaba. Había tantas personas con infinidad de historias distintas que no conocía ni llegaría a conocer jamás que la soledad de esa casa la enloquecía.

Solo un paso y podía caer por la escalera. Un solo paso y estaría en la calle y se encontraría con personas a las que nunca conocería. No siguió a Miriam y volvió a encerrarse en la sala de música.

La vida de una persona podía experimentar un cambio fundamental si salía fuera. Su vida podía cambiar de forma radical.

Una excitación nerviosa se apoderó de ella y le hizo un gesto con la cabeza a Miriam, que soltó un gritito de júbilo y tiró de ella para bajar juntas.

—¡Salimos! —informó a la señora Goodbody.

Antes de que la cocinera pudiera contestar, las chicas ya habían salido por la puerta.

# 2

Miriam tenía un objetivo. No lo dijo, pero Rachel lo notó enseguida en sus pasos, la mirada fija a lo lejos y la actitud decidida.

Compraron un billete y fueron al centro de la ciudad en tranvía, que iba dando bandazos y chirriando. La gente las empujaba y siempre que Rachel miraba a alguien más de un segundo temía con el corazón acelerado que supiera quién era.

Sin embargo, nadie se fijó en ella. Miriam le contó algo de un mercado de flores y la variedad de plantas. Rachel se esforzaba por escucharla, distraerse y no ceder al pánico solo porque la señora que iba detrás de ellas le diera un golpe con el miriñaque con cada curva que tomaba el tranvía.

Cuando se adentraron en los adoquines del centro de la ciudad y el cielo se extendió sobre ellas como si fuera un inalcanzable pañuelo de seda azul, Rachel se quedó sin aliento y la sensación de libertad fue tan abrumadora y emocionante que le entraron ganas de volver a casa.

Sin embargo, Miriam continuaba caminando impasible, y Rachel la siguió para no perder el trasbordo. La agarró del brazo; de hecho, se aferró a él hasta que Miriam soltó una carcajada.

—Nadie te va a morder —dijo, burlándose del miedo de Rachel.

Ella apretó los labios, enfadada, pero no se le ocurrió nada ingenioso que contestar.

Sus zapatos castañeteaban en la acera y se mezclaban con los demás ruidos de la ciudad. El murmullo de voces, los gritos cercanos de algunos charlatanes, el traqueteo de los coches y los chillidos agudos de un silbato que soplaba un policía. La gente pasaba corriendo por su lado, seguía su camino, tenía sus propios objetivos y el aire estaba impregnado de esperanzas y deseos que empujaban hacia arriba y eran interceptados en el pañuelo de seda del cielo.

Las hermanas se acercaron a una de las plazas; en efecto, Miriam no había exagerado. Toda la plaza estaba llena de flores. Rachel se quedó boquiabierta al entrar en el mercado de flores y verse envuelta del dulce aroma de éstas, como si entraran en un cuento de hadas. Peonias y geranios, girasoles y gladiolos, gipsófilas y helecho macho. Era como un jardín en manos de Dios. Todos intentaban venderles esas flores.

—¿Una rosa para la preciosa dama? —le dijo una chica joven, que le enseñó una preciosa flor de color rosa claro.

Sin embargo, Rachel negó con la cabeza y encogió los hombros aún más, aunque ya los sentía completamente tiesos.

Miriam no se paró a observar las paradas y siguió avanzando hasta llegar a la parte trasera del mercado, donde ahora también se ofrecía loza y objetos de madera tallada. Se dirigió con resolución a un puesto que tenía unos jarrones altos pintados con delicadeza; Rachel vio con asombro que a su hermana se le sonrojaban las mejillas cuando el chico situado detrás del puesto alzaba la vista. Esbozó una sonrisa con sus gruesos labios, a la que Miriam correspondió de la misma manera.

A Rachel se le pasó por la cabeza que esos dos ya se conocían y observó al chico con detenimiento. Tenía el rostro anguloso, la mandíbula muy pronunciada, el cabello moreno brillaba bajo el sol de la mañana. De hecho, lo había visto una vez. Delante de su casa, unas semanas antes. Había llevado flores.

—Buenos días, señorita Cohen —saludó a Miriam con una confianza tan evidente que Rachel soltó el brazo de su hermana del susto.

—Señor Robinton —ronroneó Miriam como un gatito, y Rachel la miró anonadada.

Entonces cayó en la cuenta. Miriam había quedado allí con ese chico. Uno que su padre no había escogido ni estudiado con detenimiento antes de que pudiera hablar siquiera con ellas. Era un vendedor de mercado, un chico de Londres.

Rachel no entendía por qué la había sacado a ella de casa.

—¿Quién la acompaña hoy? —preguntó él, que no acababa de decidir si podía atreverse a sonreír también a Rachel; las comisuras de los labios se le movían sin parar.

—Es mi hermana —anunció Miriam, cohibida, y se le iluminó el rostro como una sala llena de velas.

El señor Robinton ladeó la cabeza.

—Encantado de conocerla. Miriam siempre habla con mucho cariño de usted.

Rachel notó que se le ponía la piel de gallina en los brazos y no pudo evitar mirar a su hermana. Las palabras del chico dejaban claro que se habían visto más de una vez.

Ella ni siquiera se lo imaginaba.

—¿Por qué no me has dicho nada? —le preguntó a Miriam sin acercarse al señor Robinton, y ella se encogió de hombros con timidez.

—No lo sé. Tenía miedo —susurró ella, y Rachel, que en realidad quería ponerse furiosa con su hermana, suspiró porque lo entendía muy bien.

—¿Por qué me has traído hasta aquí hoy?

Rachel agarró las manos de su hermana, sin saber qué pensar. Su primer impulso fue juzgar a Miriam. ¡Se veía con un hombre! Uno que no era de las familias que conocían, que no contaba con la aprobación de su padre.

Sin embargo, Rachel descartó tales pensamientos. ¿Cómo iba a reprocharle a Miriam algo que ella misma deseaba? La libertad de decidir qué ponerse, adónde ir y a quién amar.

—Pensé que así era más fácil. Yo no tengo que decir nada, y tú no puedes ir corriendo a contárselo a padre —aclaró, y sus palabras fueron como un puñal en el corazón para Rachel.

—¿Me crees capaz de eso? Nunca he ido corriendo a papá para delatarte —se indignó ella.

Miriam agachó la mirada, consciente de su culpa.

—Ya lo sé. Ay, Rachel, llevaba tanto tiempo dándole vueltas que ya no sabía cómo hacerlo bien.

Miriam soltó un profundo suspiro.

Aunque la situación distaba mucho de ser divertida, Rachel sintió un cosquilleo en la garganta y soltó una carcajada.

Su hermana, tan fuerte y lista, rebelde y aventurera, había imaginado de todo hasta que solo le quedaron preocupaciones. Y eso que Rachel siempre había pensado que únicamente ella las sufría. Qué ironía.

—¿No estás enfadada conmigo? —preguntó Miriam, esperanzada.

El señor Robinton, que seguía la escena con mucha atención, se toqueteaba las manos, nervioso.

Rachel se inclinó hacia delante, le dio a su hermana un beso fugaz en la mejilla y sonrió.

—Voy a buscarme una tienda cerca y echaré un vistazo dentro. Luego me cuentas cómo ha sido que tú y... —Se detuvo porque no sabía el nombre del señor Robinton.

—John —añadió Miriam.

—Como tú y John os conocisteis —añadió, y vio que a su hermana le brillaban los ojos, inundados en lágrimas.

—De acuerdo —prometió Miriam, que apretó las manos de Rachel antes de soltarla y meterse detrás del mostrador, donde desapareció detrás de los puestos al lado de John Robinton.

Rachel solo esperaba que aquello terminara bien.

# 3

La tetería donde Rachel entró poco después estaba pensada para pasar horas dentro. Las latas, con las elegantes inscripciones hechas con esmero, estaban colocadas en fila sobre la multitud de estantes, el olor suave a hoja de té recién hervida impregnaba el aire y envolvió a Rachel como un manto de protección y calor suave.

No había apenas gente. Solo un caballero muy pulcro con su señora ataviada con un vestido de color violeta oscuro que se arrimaba a él entre risitas. Al otro lado de la sala había un hombre con una chaqueta clara inclinado sobre una vitrina, de manera que casi desaparecía detrás de la estantería.

—¿Puedo ayudarla en algo? ¿Busca algo en especial? —dijo un señor mayor con un bigote retorcido de una forma tan refinada que era imposible no mirarlo.

Rachel notó enseguida que los nervios se apoderaban de ella. Nunca había entrado sola en una tienda. Ni siquiera sabía si era normal que una mujer comprara sola, y se preguntaba qué consecuencias tendría todo aquello.

—Gracias, pero primero quiero echar un vistazo y disfrutar del ambiente —se atrevió a contestar tras mucho esfuerzo, y el anciano del delantal granate inclinó la cabeza con una sonrisa.

—Con mucho gusto. Hágamelo saber si necesita algo.

Volvió a desaparecer tras su mostrador y Rachel respiró hondo. Primera dificultad superada, pero ¿qué sería lo siguiente? ¿Cómo reaccionaría su padre cuando llegaran a casa?

Pensó en Miriam, que ya debía de haberse escapado varias veces sin que nadie se enterara. ¿Dónde solían quedar ella y John Robinton? ¿Se querían? ¿Miriam tenía intención de casarse con él?

¿O era solo una diversión? ¿El acto rebelde de una mujer que renegaba de la monotonía?

Tenían mucho de que hablar. Rachel esperaba que Miriam confiara en ella de verdad.

Recorrió con el dedo índice el símbolo de un chochín que lucía la etiqueta de un paquete de té y deseó, como tantas veces, desplegar las alas y alzar el vuelo. Renunciar a todas las preocupaciones y miedos, y subir al cielo hasta poder contemplar el mundo con todas las esperanzas envueltas en un pañuelo de seda.

Sin embargo, Rachel no tenía alas y la jaula del deber y el miedo estaba cerrada con demasiada fuerza para poder salir ella sola.

Sonrió con tristeza y dejó caer la mano.

Para huir de sus propios pensamientos, desvió la atención de nuevo al té, leyó los nombres y recordó que aún tenía ganas de tomarse un *darjeeling*.

Fue de un estante a otro hasta que vio lo que buscaba al lado, en una vitrina. Era una bolsa estrecha, ya empaquetada, con una etiqueta impresa pegada que designaba el contenido como Darjeeling First Flush. Justo lo que buscaba.

Dio un paso con resolución y chocó con el hombro de otra persona que también intentaba coger la misma bolsa.

Se retiró asustada, alzó la vista y quedó atrapada en los ojos más azules que había visto jamás. Como si la hubieran cubierto con el manto de seda del cielo para atraerla. Sin alas.

El hombre se rio por lo bajo y con tal calidez que el sonido fue como besos suaves para sus oídos. El corazón le dio un vuelco.

—Disculpe, no quería importunarla —dijo el joven de la chaqueta clara, y un mechón rubio le cayó en la frente al sacudir la cabeza.

Rachel se quedó sin voz. Se había ido y no tenía ni idea de adónde. Todo aleteaba en su interior con el sonido de esa voz grave y sintió un mareo.

—Le dejo el té, por supuesto —añadió el caballero al ver que Rachel seguía mirándolo sin decir nada.

—No —susurró ella, que se aclaró la garganta, cohibida. Quería apartar la mirada, no admirar la nariz estrecha y el noble corte de su rostro, pero era incapaz de hacerlo—. No..., puede llevárselo usted. Yo..., seguro que hay más —tartamudeó en voz baja, y le dio la sensación de que ni una sola palabra de las que salían por su boca tenía sentido. Ya nada lo tenía, salvo escuchar su voz y perderse en el calor de sus ojos.

Solo un paso, un roce, una mirada, y el mundo entero se había puesto patas arriba.

Siempre lo había sabido, pero, ahora que le pasaba de verdad, estaba más que sorprendida. Tenía el corazón acelerado, la boca muy seca, sus pensamientos perdidos en la eternidad del ser.

—Lo preguntaré —se ofreció el caballero.

Rachel consiguió asentir.

—Señor Stewart, ¿no tendrá por casualidad más *darjeeling* en el almacén? —le preguntó al hombre de detrás del mostrador, que se retorcía el bigote, ensimismado.

—No, por desgracia solo queda ese paquete, señor Crumb. Lamentablemente, debo confesar que acabo de hervir el resto. Si quieren disfrutar de una taza, les serviré una con mucho gusto —contestó.

Rachel se alteró aún más al saber el nombre del chico.

«Señor Crumb», pensó, y cada letra se derritió en su corazón como si fuera de azúcar y se deshiciera en agua caliente.

—Entonces, por supuesto, la dama se lleva el último paquete —les dijo al vendedor de té y a la propia Rachel; cogió la bolsa de la vitrina y se la dio.

Rachel notó que le fallaban las rodillas, le temblaban ligeramente los dedos y apenas pudo levantar la mirada cuando estiró la mano para coger el té.

Sin embargo, poco antes de que llegara a tocarla, el señor Crumb la retiró de nuevo.

Rachel soltó un grito del susto, creyó que el chico se estaba riendo de ella y soltó un bufido, enfadada.

—Señor Crumb —le reprendió, y sintió que era un sacrilegio usar su nombre sin que les hubieran presentado.

Se le encendieron las mejillas y tuvo que tomar aire de nuevo al ver su sonrisa encantadora y la mirada con la que la estudiaba con atención.

—Disculpe, pero tengo que pedirle un favor —anunció de pronto, en un tono tan esperanzado que Rachel se vio tentada de asentir enseguida.

Fuera lo que fuera lo que quisiera pedirle, estaba dispuesta a dárselo.

—Solo puedo dejarle este paquete si se queda un rato y se toma una taza conmigo —dijo, y volvió a darle la bolsa de color marrón claro.

A Rachel se le movieron solas las comisuras de los labios, que dieron paso a una sonrisa que equivalía a dar su aprobación mil veces.

—Con mucho gusto —consiguió decir, y se avergonzó al mismo tiempo por el tono embelesado. Tampoco habría tenido sentido mentir. Ese hombre acababa de robarle el corazón.

—Dos tazas de té, señor Stewart —le dijo al hombre de detrás del mostrador, que se limitó a asentir con educación y les indicó una mesita desde donde se veía el mercado de flores por el cristal.

—Me llamo Henry Crumb. Llevo un año en Londres estudiando Derecho —se presentó mientras ella se arreglaba la falda para acomodarse en la silla con filigranas.

Ella sintió un nudo en el pecho cuando Henry Crumb se sentó enfrente y la observó ilusionado con sus ojos azules. Quiso saber su nombre.

Rachel Cohen.

Sin embargo, si se lo decía, quedaría claro que procedía de una familia judía, que era una marginada con la que un hombre tan selecto como él no podía tener trato.

Solo esas dos palabras pisotearían el mundo que se había creado por arte de magia hasta quedar reducido a polvo. La atenazó el miedo, pero no tenía otra opción que soltarlo.

Agarró con fuerza el paquete de té con los dedos, que estaba arrugado, y abrió la boca, vacilante.

—Rachel Cohen —dijo; no se atrevió a mentir y apenas consiguió sonreír.

Pero no pasó nada. La luz de los ojos de Henry Crumb no se apagó, ni mostró una actitud reservada. Al contrario, se inclinó un poco más hacia ella.

—Perdone que haya sido tan descarado, señorita Cohen, pero es usted la criatura más bonita que he visto en toda mi vida. Si no hubiera aprovechado la ocasión, lo habría lamentado toda la vida —le confesó.

Y aquellas palabras eran lo último que ella había esperado escuchar en ese momento, y al mismo tiempo era lo más maravilloso que podría haberle dicho.

—Perdonado, señor Crumb —contestó ella, que no pudo evitar sonreír.

Él le devolvió la sonrisa. Entonces, sin que Rachel se diera cuenta, sus miedos salieron de la jaula, cuyas puertas se abrieron de repente y desaparecieron.

Una sonrisa y su vida cambió de rumbo.

# Receta de las pastas de té de la señorita Sophie

Necesitas:

100 g de mantequilla muy blanda
35 g de azúcar glas
La yema de dos huevos grandes
2 cucharaditas de extracto de vainilla
125 g de harina

Calentar el horno con calor arriba y abajo a 180 °C.

Mezclar la mantequilla y el azúcar glas en un cuenco hasta que quede cremoso, y a continuación añadir las dos yemas de huevo y el extracto de vainilla.

Tamizar la harina sobre la masa y mezclarlo todo hasta formar una masa regular.

Ponerla en una manga pastelera y hacer tiras del tamaño de un dedo sobre una bandeja del horno cubierta con papel de hornear.

Hornear las pastas de té durante diez minutos en el horno precalentado hasta que estén doradas.

Dejarlas enfriar sobre una rejilla y disfrutarlas con una taza de *darjeeling*.

# Realidad y ficción

Me he tomado la libertad de interpretar a mi manera la época victoriana. Por supuesto, no había máquinas de localización, ni aeropuertos de zepelines ni un tranvía de vapor en Londres.

El pequeño ómnibus de vapor en el que Thomas Reed va a casa de Animant al final de *La biblioteca de los sueños imposibles* sí existía. Recorría el trayecto de Londres a Bath ida y vuelta, hasta que el tren lo volvió prescindible.

*De haber estado enamorada de él, habría
podido ser el momento perfecto. La nieve, la
luz tenue, la música de fondo. Un escenario
romántico como solo se encontraba en las novelas.
Y, al final, él me proponía matrimonio.
Sin embargo, no estaba enamorada de
él: no me gustaba nada mi situación.
El señor Boyle me resultaba molesto.
Mi entusiasmo previo se desvaneció.
No podía ser verdad.
¿Cómo había llegado a eso?*

Animant.

Como nunca te voy a enviar esta carta, es irrelevante cómo me dirija a ti.

Estimada señorita Crumb.

Querida Animant.

Destructora de mi vida.

Motivo de mi perdición.

Mujer de mis sueños.


Por desgracia, por lo visto, solo eres una cosa: la
mujer de mis sueños.
No entiendo cómo ha podido pasar.
¿Cómo me he podido equivocar tanto contigo?
¿Conmigo? ¿Con lo que habríamos podido llegar a
tener?

Animant:

Como nunca te voy a enviar esta carta, es irrelevante cómo me dirija a ti.

Estimada señorita Crumb.

Querida Animant.

Destructora de mi vida.

Motivo de mi perdición.

Mujer de mis sueños.

Por desgracia, por lo visto, solo eres una cosa: la mujer de mis sueños.

No entiendo cómo ha podido pasar.

¿Cómo me he podido equivocar tanto contigo? ¿Conmigo? ¿Con lo que habríamos podido llegar a tener?

Nos conocimos, tus ojos brillaron y a mí a punto estuvo de salírseme el corazón del pecho al ver tu preciosa sonrisa.

Te sentaste a mi lado en una velada, te reíste de las ocurrencias que inventaba solo para ti. Eras muy misteriosa y una promesa para mi corazón ardiente.

Estaba tan seguro de que me querías que solo hizo falta un beso para confirmarlo.

Sin embargo, ese beso me pareció el principio del fin. Ese bibliotecario se abría paso en tu vida. Debo admitir que enterarme de vuestro compromiso me afectó más de lo que debería.

Es un salvaje incívico que impone el reino del terror entre los estudiantes que tienen instrucciones de tomar prestados sus libros. ¿Te han dado de comer para ese monstruo o te ha engullido?

¿O me equivoco en todo lo que creía saber de ti? ¿Tu integridad, tu tacto, tus modales perfectos?

¿Eres una serpiente marina que solo me ha devorado el alma para arruinarme del todo? ¿O eres víctima de su despotismo?

No puedo creer ninguna de las dos cosas. Posees un ingenio y una inteligencia como poca gente que haya conocido. Tu corazón está lleno de bondad, y tu ser está compuesto de ecuanimidad.

¿O tal vez tienes el corazón tan grande que crees que puedes salvar a ese hombre echado a perder? ¿Lo vigilas y lo sacas, como si fueras una diosa, del agujero negro de su ser?

¿Merece más él ser salvado que yo ser feliz?

Es un enigma que solo el tiempo resolverá.

Lo superaré, Animant. Estoy seguro. Uno no muere por tener el corazón roto, aunque esa sea la sensación.

Que vaya bien,

Winston

# Winston Boyle

Uf, el señor Boyle. Ese hombre es una bendición y una maldición.

Cuando empecé a escribir *La biblioteca de los sueños imposibles*, pensé en tres hombres que lucharan por Animant para que ella tuviera también su dolor de cabeza mientras intentaba subsistir por sus propios medios.

Dos de ellos eran el señor Reed y el señor Boyle. (El tercero quedó fuera de juego gracias a Elisa antes de llegar a cobrar importancia.)

Antes de que Animant conociera al señor Boyle en casa de su tío, yo no sabía cómo iba a ser, y me sorprendió lo bien que me cayó. Y también a Animant.

Era el primer hombre que lograba llamar la atención de Animant Crumb. Aunque el joven abogado no solo tuviera momentos estelares, hay que valorar mucho su actuación.

El señor Boyle es el perfecto príncipe encantador. Quería que encarnara todas las ventajas de esa época, que fuera guapo, amable e inteligente.

Pese a todo, Animant no es capaz de enamorarse de él porque ella misma tiene cantos y esquinas puntiagudas que no encajan con el círculo perfecto del señor Boyle.

El señor Boyle acaba convirtiéndose en un malvado, aunque su único error sea enamorarse de la mujer equivocada.

Mientras escribía sobre este pobre tipo me ponía muy nerviosa, aunque al final solo me daba pena.

Sin embargo, fue interesante escribir sobre él porque todas las escenas en las que intervenía terminaban de forma distinta a como tenía previsto. La peor fue la última en la velada en casa de los Winterglowe. Tenía pensado dejar que Animant se encontrara una última vez con el señor Boyle. En principio, iban a hablar sin tapujos, y al final a Ani se le ocurriría una idea para ayudar a Henry y a Rachel a alcanzar su felicidad.

Madre mía, salió muy mal, porque de repente estaban los dos en el pasillo y Animant le gritaba.

Los autores suelen decir que a veces sus personajes hacen lo que quieren, y uno no lo ve venir. Este fue uno de esos momentos, y acabé de los nervios.

*—Elisa Hemmilton. Siempre a su servicio
cuando una joven en apuros está siendo
cortejada por un soltero gordo y calvo —anunció,
y cerré la boca como si lo hubiera dicho yo
misma—. No te sorprendas tanto, cariño.
Todas lo piensan, solo que yo soy la única
que lo digo en voz alta —me soltó.*

*Querida Jane:*

*Felicidades por el nacimiento de tu pequeño Edmund. Espero que se parezca a ti y no tenga la cara de su padre. Por muy majo y simpático que sea Elliot, la nariz parece una patata tan enorme que asusta.*

*Por lo que me ha contado la tía Heather, te encuentras bien y echas de menos un entretenimiento mientras tengas que guardar cama, primita. Así que pensé en animarme a escribirte unas líneas.*

*Mis estudios avanzan, aunque topo con mis límites con una frecuencia desesperante. No necesariamente se debe a las asignaturas, sino al hecho de que tenemos que esforzarnos en coleccionarlas porque el profesorado considera que las mujerzuelas somos demasiado bobas para comprender varios ámbitos a la vez. Es frustrante. Si alguna vez llego a tener un puesto de profesora, nunca le haré eso a nadie y exigiré tanto a mis alumnas que acabarán llorando. ¡Así debe ser la vida, un desafío! Y no una sucesión de momentos aburridos.*

*Querida Jane:*

Felicidades por el nacimiento de tu pequeño Edmund. Espero que se parezca a ti y no tenga la cara de su padre. Por muy majo y simpático que sea Elliot, la nariz parece una patata tan enorme que asusta.

Por lo que me ha contado la tía Heather, te encuentras bien y echas de menos un entretenimiento mientras tengas que guardar cama, primita. Así que pensé en animarme a escribirte unas líneas.

Mis estudios avanzan, aunque topo con mis límites con una frecuencia enervante. No necesariamente se debe a las asignaturas, sino al hecho de que tenemos que esforzarnos en coleccionarlas porque el profesorado considera que las mujerzuelas somos demasiado bobas para comprender varias circunstancias a la vez. Es frustrante. Si alguna vez llego a tener un puesto de profesora, nunca le haré eso a nadie y exigiré tanto a mis alumnas que acabarán llorando. ¡Así debe ser la vida, un desafío! Y no una sucesión de momentos aburridos.

Por suerte conozco a bastante gente que me saca del aburrimiento. La semana pasada conocí en un acto político a los Robert, un anciano y su hermana que se interesaron por mis posturas políticas. La semana que viene tomaré el té con ellos. Estoy tan ilusionada que apenas puedo comer.

Menos mal que mi amiga Animant me obliga. Cuida de mí. Es como una enviada de los cielos, de verdad. Desde que la conozco incluso me gusta ir a las veladas de esos señoritingos finos a las que me obliga a ir mi apreciada benefactora.

Sé que la señorita Brendon-Welderson solo quiere lo mejor para mí, no hace falta que me lo repitas por carta. Pero si de verdad se tratara de mis intereses, como le gusta fingir, no me engordaría como a un ganso para enseñarme a esos idiotas ricos. Te lo juro, son capaces de oler que no soy de los suyos. Luego clavan sus miradas arrogantes en mí y cuchichean. Gracias a Dios soy alta como una jirafa, así por lo menos no me pueden mirar desde arriba.

Otro motivo de elogio para Animant. Es la luz del sol entre todos esos aburridos sosos que me quieren complicar la vida. Me sienta bien bromear con ella, Jane. No me recrimina ni la mitad de las veces que tú que no sea tan malvada.

Sí, lo has leído bien: la prefiero a ti. Pero no te preocupes, tú tienes a tu Edmund para mimarlo.

Por suerte, mis temores de que volviera a Londres después de su compromiso con el bibliotecario convertida en una persona pegajosa y asquerosamente dulce eran infundados. Ya sabes cómo son los recién enamorados. Son insoportables, no conocen otro tema que el amor, una se siente tonta a su lado.

Si mi amante no se hubiera ido de viaje, a lo mejor sería distinto. O no. Al fin y al cabo, nunca se sabe lo que le pasa por la cabeza.

Con Animant tenía el miedo a que me olvidara durante los próximos dos años y solo estuviera pegada a su prometido, como pasó entonces contigo y con Elliot. Sin embargo, sigue siendo la misma de antes, pero con un hombre con el que ahora puede pelearse de forma oficial. Tendrías que oírlo, es muy gracioso ver lo que les gusta andar a la greña.

No me sorprende en absoluto que esos dos se hayan encontrado.

Aunque a los demás sí.

La reacción más divertida de todas fue la de la señorita Brandon-Welderson. En todo el tiempo que llevo en su casa nunca la había oído maldecir como el día en que se enteró que el bibliotecario se había enamorado. Y justo de Animant Crumb, a la que desde siempre ha considerado un mal bicho, impertinente y fría. Por supuesto, solo es porque Ani es más lista y sobre todo más guapa que ella.

Si no me hubiera fijado ya antes, habría sido la confirmación de que la señorita Brandon-Welderson estaba enamorada del bibliotecario.

No sé si reírme o si sentir compasión de sus lágrimas derramadas.

Espero que lo supere pronto, porque Animant tiene intención de abrir una librería para mujeres y quiere pedirle apoyo a mi benefactora. Intento disuadirla, pero mi querida amiga es muy testaruda.

Ya ves, mi querida prima, mi vida se ha vuelto tan monótona que tengo que hablar de otras personas. Ni siquiera he podido ver a tu hermano durante las últimas semanas porque le han cambiado los turnos. Es mi mejor compañero de copas. Como Animant renunció a beber hace mucho tiempo, de vez en cuando me sirvo una copa sola y sueño con el día en que me convierta en una personalidad interesante y brillante.

Espero haberte entretenido, te volveré a escribir en cuanto me hagas llegar un dibujo de tu retoño.

Tu prima,

*Elisa*

# Elisa Hemmilton

Se coló. ¡De verdad! De hecho, no pretendía introducir a Elisa en *La biblioteca de los sueños imposibles*.

El papel de confidente de Animant era en realidad para Jamie Lennox, el mecánico de la máquina de localización del señor Reed. Sin embargo, como es típico de Elisa, irrumpió en la novela, apartó a un lado a Jamie y se agarró con descaro del brazo de Animant.

«Te lo ruego, Lin —me dijo, al tiempo que sacudía la cabeza—. No necesitas a otro hombre en esta historia, sino a una mujer con cualidades.»

Por supuesto, llevaba razón.

Me encanta Elisa. Muy a menudo me gustaría ser más como ella: valiente, audaz, no se calla ni una respuesta.

Sin embargo, como en el caso de muchas personas exaltadas, con ella enseguida se olvida que tras esa lengua descarada se oculta todo un mundo de pensamiento.

Elisa dejó atrás una infancia turbulenta en la que vivió en sus propias carnes lo que significa no tener casi nada. Sus padres, sencillos trabajadores, no pudieron prestarle mucha atención con cinco hermanos más. Se crio con un ejército de primos y primas que en gran parte también estaban a su suerte y pasaban mucho tiempo en la calle.

Su astucia la ayudó tanto a superar dificultades como a provocarlas. Sin embargo, Elisa siempre estuvo segura de que estaba destinada a algo más grande que a casarse con el sucio George de la pescadería.

Sus maneras descaradas sacan a Animant de su cascarón y por primera vez experimenta lo que es tener una amiga. Una con ese humor mordaz que Ani jamás se ha permitido, con la misma voluntad de ser dueña de su vida y con la mente abierta, también para los problemas no tan aceptables socialmente. Elisa es poco convencional, pero también es justo lo que Animant necesita.

# Trueques

*o la astucia de Elisa Hemmilton*

## 1

La bebé Lilly se daba palmadas con su diminuta mano pegajosa en la cara mientras yo paseaba por la pequeña habitación del piso y recogía todas las prendas sucias con las que tropezaba. ¿De verdad era mucho pedir que las metiera en la cesta que había junto a la puerta cuando ya quedaban rígidas por la suciedad?

Mis primas pequeñas Penny y Poppy corrían de aquí para allá a la caza del mugriento gato marrón entre agudos chillidos, y el tío Archie daba vueltas en su cama despacio mientras yo le ponía una camisa arrugada bajo el cuerpo huesudo. La mayoría de los familiares que vivían allí ya se había ido a los turnos de mañana en las fábricas, y solo los pocos que trabajaban más tarde alargaban la mañana.

Salvo yo, que tenía mi propia manera de pasar el día. Por mucho que mi madre me criticara y mis tías me presionaran, estaba segura de que no iba a trabajar en las fábricas.

Tampoco era lo mío trabajar de criada. Amaba demasiado la libertad. Cuando alguien me decía lo que tenía que hacer, yo acababa haciendo lo contrario la mayoría de las veces, y eso en una casa fina no causaba más que problemas.

Lo mejor para mí habría sido casarme con un rico y disfrutar de una vida ociosa. Sin embargo, por desgracia, no encajo en absoluto con la imagen de esposa decente, y el único que se casaría conmigo es el hijo del pescadero Carter del puerto. Para eso prefiero quedarme sola.

Edith removió una olla de gachas de avena en la cocina para los niños y con una cuchara impidió que me la metiera en la boca al pasar. En realidad, no me gustaban las gachas de avena, pero mi hermana sabía hacerlas tan tiernas que hasta yo era capaz de engullirlas sin atragantarme.

A los niños también les encantaban. A los suyos, los de Mary y también los de mi prima Clara y Laura. Era solo uno de los muchos motivos por los que Edith se quedaba en casa con todos los niños mientras los demás se iban a trabajar en las fábricas.

—Shawn, ¿tienes más ropa que lavar? —le pregunté alegremente a mi cuñado, que acababa de entrar en la habitación. El pelo le salía disparado en todas direcciones y, a juzgar por la expresión agria, la víspera había vuelto a beber más de la cuenta.

—Ya la he dejado en el cesto —gruñó, y se protegió la cara del sol con las manos.

—Muy bien. Buen chico —le elogié al oído a propósito, dio un respingo por el tono de voz y en un momento de despiste le coloqué a Lilly en las manos—. Y aquí tienes. Me temo que apesta —le dije, y sentí esa alegría furtiva al imaginarme a Shawn cambiando el pañal.

Por desgracia, no tendría ocasión de verlo.

—Oh, no. ¿No puedes hacerlo tú? —se quejó Shawn, nervioso, y esbozó una amplia sonrisa. Eso preferiría él.

—Si no tuviera que irme, lo haría con mucho gusto, claro —aseguré, y mi voz rezumaba sarcasmo. Shawn torció el gesto—. Te divertiste engendrándola, ahora te toca también limpiar —añadí con descaro, y solté una carcajada cuando el bebé tomó impulso y le plantó la palma de la mano en toda la nariz.

—¿Cómo vas a saberlo? —contestó Shawn con un bufido, y se frotó el dorso de la nariz, parpadeando y molesto.

Me encogí de hombros con un gesto expresivo.

—Aquí las paredes no son tan gruesas —contraataqué.

Oí que mi hermana resoplaba, enfadada. Era el momento perfecto para desaparecer.

Me abrí paso al lado de Shawn, lancé al cesto la ropa para lavar que había recogido, cogí mis dos bolsas y salí de esa casa, que era demasiado pequeña para toda la gente que la habitaba. Sin embargo, podría haber sido peor.

Teníamos hasta cuatro habitaciones para diecinueve personas. Otros se hacinaban en una o ni siquiera tenían un techo sobre sus cabezas.

Bajé la escalera a paso ligero hasta la planta baja y oí el ruido de los demás pisos. El señor y la señora Smith estaban discutiendo otra vez, probablemente porque la semana anterior él había perdido el trabajo en el astillero; mientras, en casa de los Allen, un bebé lloraba. Supuse que eran cólicos.

Me coloqué como de costumbre el cesto de la ropa sucia entre el brazo y la cadera para dar un fuerte golpe con la mano que me quedaba libre contra la puerta de madera cerrada del piso de abajo del todo. Dentro no había movimiento, así que volví a llamar, esta vez más fuerte.

—¡Señor Walten, abra la puerta o tendré que echarla abajo de una patada! —grité con voz fingida, me divertía muchísimo imaginar al señor Walten despertándose del susto.

Oí un leve quejido y unos pasos arrastrados que se acercaban a la puerta. La sonrisa pícara volvió enseguida a mi cara cuando vi al hombre barbudo que me miraba, cansado y totalmente confuso. No llevaba pantalones, como tantas otras veces, y sus partes íntimas solo quedaban tapadas por la camisa, demasiado larga. Tuve que contenerme mucho para no soltar una carcajada, y me esforcé por mirar al rostro arrugado de mi interlocutor.

—Su servicio de despertador, señor Walten. Como usted deseaba —dije, para recordarle nuestro acuerdo, y le tendí la mano en un gesto exigente.

—Ya, ya —gruñó el anciano, que se apartó a un lado para que yo pudiera admirar su trasero desnudo.

Por lo menos, siempre olía a ropa recién lavada. No porque fuera muy limpio, sino porque trabajaba en una fábrica de jabón.

Tomó de la pequeña cómoda un pañuelo doblado con restos de jabón que, por la noche, recogía del suelo de la fábrica, y me lo dio con esas manos que parecían garras.

—Gracias, señor Walten. ¿Mañana a la misma hora? —pregunté, y dejé el fardo en mi cesto de ropa sucia.

El señor Walten asintió, bondadoso.

—Entonces nos vemos mañana.

Me fui de la casa a toda prisa y entré en las concurridas calles del East End. Infinidad de personas de los orígenes más dispares llegaban a las fábricas textiles o a los muelles. Los niños jugaban en los callejones, por todas partes se oían gritos, los coches traqueteaban sobre la calzada irregular. Un tibio viento otoñal bailaba con los mechones sueltos de mi peinado y llevaba con él el mal olor a hollín y calor industrial.

Acarició la cabeza hirsuta del anciano Harry, que estaba sentado jadeando junto al portal y observaba la actividad cotidiana. «Qué vida de perros», pensé, y suspiré para mis adentros mientras caminaba por las calles hacia el oeste.

Nuevo día, nueva fortuna. Solo contaba el presente.

Moira ya estaba detrás de su casa en el pequeño patio soleado junto a la bomba, con la tabla de lavar bien agarrada entre las rodillas, fregando con movimientos potentes una prenda completamente sucia. La piel brillaba empapada en sudor por el esfuerzo, pero una sonrisa atravesaba su precioso rostro cuando alzó la vista hacia mí.

—Refuerzos —exclamé, y dejé el cesto de la ropa en el suelo.

—¿Llevas el jabón encima? —preguntó esperanzada, y se apartó con el puño un mechón pegajoso de la frente.

Pese a su alegre expresión, parecía especialmente agotada. Lucía ojeras bajo los ojos enrojecidos; me pregunté si el responsable era Kenan. No me sorprendería, no soportaba al marido de Moira. Era un borracho sin moral y no entendía cómo una persona tan maravillosa como Moira podía vivir con alguien así. Yo seguro que habría salido corriendo.

—Por supuesto —contesté, y le di el fardo realmente lleno del señor Walten. Con eso, Moira se las arreglaría durante los siguientes días, pese a la cantidad de coladas de otras personas que lavaba a diario por encargo.

—Eres un tesoro, Elisa. ¿Y a cambio solo quieres de verdad que te lave ese cesto? —preguntó asombrada, y me encogí de hombros levemente.

Moira ya tenía suficiente trabajo, y en realidad estaba contenta de no añadirle mucho más.

—Hoy es poco, mañana más. Lo considero un acuerdo a largo plazo —le contesté entre risas para sonar despreocupada.

Moira sonrió con amabilidad.

—Mientras me traigas jabón a diario, te lo lavo todo —me aseguró, y eso era justo lo que yo quería.

No me importa el dinero. El dinero no se come ni te mantiene caliente en invierno. Por supuesto, puedes comprar cosas con él que cumplen tales fines. Pero en un barrio donde nadie tenía nada, el dinero no siempre valía algo.

Sin embargo, con los años había aprendido que existían los trueques.

Un servicio de despertador todas las mañanas a cambio de restos de jabón.

Restos de jabón a cambio de un cesto de ropa limpia.

Y así sucesivamente. Solo había que ser algo avispado para detectar las oportunidades, y lo bastante amable para conservarlas.

Ninguna de esas dos cosas me costaba demasiado, y pronto aprendí a aprovecharlo. Como me crie en una casa con muchos niños, ruidosa y pobre, sabía que no se podía esperar que los padres se ocuparan de todos sus retoños después de un turno de doce o incluso dieciséis horas.

Por lo menos, eso decía mi padre.

De todos modos, la ventaja de que nadie te vigilara era que podía hacer lo que se me antojara. Y eso hacía.

# 2

Mi siguiente trueque no quedaba muy lejos: en casa de Moira, trepé por la valla para acceder por caminos secretos directamente a la entrada de mercancías de la panadería.

Me arreglé el cabello oscuro con dedos hábiles, me pellizqué las mejillas para combatir la palidez y me mordí los labios para que parecieran más gruesos.

Doblé la esquina balanceando las caderas y miré a los ojos al joven Base Molton, que, con un resoplido, se cargó a la espalda un enorme saco de harina de un carro. El baile de músculos del brazo resultaba impresionante, aunque, por lo demás, Base causaba una impresión más bien apagada. Tenía el pelo descolorido, los ojos demasiado pequeños y la piel blanca como la harina que siempre se le pegaba en la frente.

Me apoyé con toda la intención en la rueda trasera del carro, cuya madera pulida me apretaba en el omoplato. Pese a que no lucía curvas dignas de mención, me erguí cuando Base volvió a salir por la puerta para llevar el siguiente saco al almacén; lo miré coquetamente, con los ojos entrecerrados.

Me esforcé por mantener la concentración y no soltar la carcajada que noté en el estómago; enseguida me picó en la garganta, cuando imaginé lo absurdo de mi postura. Cualquiera se daría cuenta enseguida de que todo era fingido, y ni siquiera bien fingido. Sin embargo, los hombres no suelen fijarse, a juzgar por la cantidad de veces que me funcionaba aquel gesto.

Base no fue una excepción. Me miró boquiabierto un momento, luego bajó la mirada cohibido hacia los zapatos y se limpió las manos sucias en el delantal de color azul claro.

—Señor Molton, le deseo que tenga una mañana maravillosa —susurré con voz suave, y vi que a Molton se le erizaba la piel del antebrazo.

Mi influencia debía de resultar impresionante. Madre mía, tuve que retroceder un paso con urgencia para no provocar una reacción no deseada con mi gesto.

—Señorita Elisa —dijo Base entre jadeos, y agarró el siguiente saco.

—Creo que hace su trabajo muy bien —me apresuré a decir para que no huyera corriendo. Aún tenía que decirle lo que me había preparado mientras saltaba la valla de Moira—. La chica que escoja será afortunada de contar con un hombre tan eficiente. —Me mordí el labio inferior para que no se me escapara una risita demencial ante semejante comentario ridículo.

—Gracias, señorita Elisa —contestó Base en voz muy baja, y se sonrojó tanto que la cara pálida se le iluminó como una llama, se cargó la harina al hombro y emprendió la huida hacia la panadería.

Satisfecha, puse los brazos en jarras, me aparté un mechón de la frente y aproveché la ocasión para poner pies en polvorosa.

Aún notaba la risa contenida en la garganta; en cuanto logré desaparecer por la siguiente esquina, me reí bien a gusto. La carcajada resonó con fuerza en las paredes de la casa y me tembló todo el cuerpo. Para no caerme, me apoyé en la basta pared de ladrillo y hundí los dedos en las rendijas cubiertas de musgo. Tomé aire entre jadeos y procuré recobrar la calma para que Base Morton no pudiera oírme. Si me descubría, fracasaría el trueque con Harriet, la hermana de Base.

Dos niñas pequeñas se pararon junto al callejón y, desde la sombra, me miraron con cierto enojo. Me limpié con los dedos las lágrimas de risa y reconocí a las hermanas de Lane.

—Solo es Elisa Hemmilton —dijo una, aliviada.

Me saludaron un momento antes de seguir andando.

¿Solo Elisa Hemmilton? Claro, ¿quién iba a deambular si no por callejones oscuros riéndose sola? Sacudí la cabeza al pensar en las niñas, que me habían considerado una curiosidad inofensiva, y salí a la calle.

Había menos gente que en el bullicio de los patios traseros; la mayoría iba vestida con ropa decente. Los coches pasaban por mi lado y algún que otro cochero me saludaba con un gesto de la cabeza.

Devolví el saludo y subí los peldaños que conducían a la tienda de la panadería. Una campanilla alertó de mi presencia y el olor a pan recién hecho, a cobertura azucarada y a pastas de nuez me recibió de forma tan abrumadora que noté un doloroso retortijón en el estómago.

Con toda la discreción que se le podía pedir a una chica de mi envergadura, me coloqué a un lado de la tienda y esperé con paciencia a que sirvieran a los clientes. Observaba fascinada los maravillosos pastelitos del aparador cuando la última señora del sombrero gris salió de la tienda con una caja de pasteles.

—¿Qué le has dicho? —preguntó enseguida Harriet, en cuanto se quedaron solas.

Tenía los ojos igual de pequeños que los de su hermano, pero su rostro redondo podía considerarse adorable. Los rubios rizos rojizos bailaron cuando se acercó a mí.

Sonreí con picardía y encogí los hombros huesudos fingiendo sentirme desconcertada.

—Que cualquier chica sería feliz de contar con un hombre tan eficiente —repetí mi frase en tono lascivo.

Harriet se rio por lo bajo mientras ponía algunas pastas en una de las bolsas de papel.

—Gracias, Elisa. Le ayuda mucho —me aseguró ella, y eso esperaba yo. No solía hacer el ridículo de esa manera—. Ayer consiguió no apartar la vista cuando Judy le sonrió. —Enrolló rápidamente el borde superior de la bolsa y me la dejó bien llena sobre el mostrador.

—Tú espera. Unos cuantos cumplidos más y tendrá la seguridad suficiente para devolver la sonrisa —afirmé al coger la bolsa.

Por lo menos, eso esperaba yo. De lo contrario, Base renunciaría a su amor secreto por la maravillosa Judy y se enamoraría de mí, y eso sería de lo más inoportuno.

Sobre todo porque su hermana ya no me pagaría en secreto con panecillos.

Pero ya pensaría en eso en otro momento.

—Oye, ¿cómo te va a ti? Mary me contó que el viejo Caravan te había echado el ojo —le pregunté a Harriet para hablar de otra cosa que no fuera su hermano. Y también porque yo era extremadamente curiosa.

Su sonrisa se volvió más tímida; por un momento, pareció casi tan vergonzosa como su hermano.

—Bueno, ya sabes, se habla mucho. Además, mientras no se dirija a mí, tampoco puedo decir que sea cierto —me dijo con evasivas, cosa que me sorprendió.

Esperaba que lo desmintiera o que incluso se riera del tema, pero no constatar que, en realidad, le gustaba oír su nombre. Al fin y al cabo, se trataba del chico de los Caravan, que por lo general no causaban más que problemas.

No creía que Harriet fuera capaz de eso.

—Está bien. Pues seguiré indagando —dijo con segundas, y ella asintió con una sonrisa tímida.

—Hazlo. A lo mejor te enteras de algo que… Ay, olvídalo —dijo.

Esbocé una sonrisa cómplice.

Me despedí con un gesto de la cabeza y salí de la tienda con la misma discreción con la que había entrado para disfrutar de mi desayuno.

Bajé la amplia calle principal masticando y noté el suelo irregular a través de las suelas de los zapatos, ya muy finas. Antes de que llegara el invierno, encontraría una oportunidad de un trueque por unos nuevos.

Cuando alguien dijo mi nombre, levanté la vista de mi desayuno y vi a la anciana señora Fuller, que se acercaba por detrás desde un portal. Me perseguía andando como un pato mientras la imponente barriga se balanceaba de forma peligrosa. Parecía un león marino al que hubieran obligado a ponerse un corsé.

Me entraron ganas de volver a soltar una carcajada, pero no podía mostrar mi punto débil en medio de la calle.

—Elisa, querida, ¿puedo pedirte un favor? —preguntó, y, sin esperar respuesta, sacó un gorro mal tejido de su delantal de cocina manchado—. Si ves a mi pequeño Jimmy, ¿puedes dárselo? En esta época del año, ya hace mucho frío cuando se pone el sol —explicó.

Lancé una mirada escéptica a ese objeto tan feo. Sin embargo, imaginarme a Jimmy con él y que me temblaran las comisuras de los labios era todo uno.

—Por supuesto, señora Fuller. Si veo a Jimmy, se lo daré —le prometí, procurando que no se me notaran las horribles ideas que se me ocurrían.

—Muy bien, muy bien —murmuró, me puso el gorro en la mano que me quedaba libre y desapareció de nuevo dando tumbos en su portal.

No me habría sorprendido ver que asomaba una cola de pez mugrienta bajo la falda.

Entre risas, hice desaparecer esa prenda de punto áspero en mi bolso bandolera. ¡Qué ganas tenía de encontrarme a Jimmy! Ni siquiera me hacía falta que la señora Fuller me diera nada a cambio. El precio se pagaría por sí solo.

Mis pies me alejaron de la calle concurrida, pasando por las fábricas textiles, para luego bajar hacia los muelles. Noté el olor salobre del Támesis; los chillidos de las gaviotas eran cada vez más fuertes.

Hombres con camisas empapadas en sudor ataban cabos bajo el sol aún cálido de otoño, descargaban barcos y llevaban de un lado a otro los objetos más curiosos.

Me gustaba contemplar la actividad frenética y ruda sin tener que esforzarme en comprender qué hacían allí realmente. Me daba igual de dónde llegaran los barcos o qué carga transportaran. No me interesaba el oficio de marinero ni quería que nadie me enseñara nudos. Aun así, estar allí me aportaba paz.

El murmullo del Támesis, el hedor casi insoportable los días cálidos y los centenares de personas que desempeñaban un trabajo honrado, físico. Era distinto que estar sentado en una fábrica. Allí estaban cercados, encerrados, como un animal con correa corta. En el puerto, con el cielo abierto sobre sus cabezas, podían saborear la libertad en medio del arduo trabajo.

De haber tenido una mínima idea de navegar, no hubiera dudado en convertirme en pirata.

Paseé junto al muelle, dejé que los marineros me silbaran y pasado un rato por fin vi a mis primos, que sacaban una gran caja de transporte de un almacén y la colocaban en el otro junto a la pared del muelle. A diferencia del marinero, Delmore, Arden y Landen parecían unos muertos de hambre. La complexión larguirucha era de familia. Todos los Hemmilton eran altos como un pino y delgados como un palo.

Me acerqué a ellos con una sonrisa pícara. Sin avisar, me coloqué entre Delmore y Arden.

—Lissy —exclamó Landen, sorprendido.

Delmore me quitó con firmeza la bolsa con los restos de las pastas.

—Fantástico —comentó, sacó un panecillo y se lo metió entero en la boca bien abierta. Parecía una rana.

Volví a arrancarle la bolsa de la mano entre risas para que quedara algo para los demás y se la di a Landen, que también se sirvió. Arden me rodeó los hombros con el brazo como hacía siempre que estaba justo a su lado. Porque aunque yo era más alta que la mayoría de los hombres, mi primo preferido me sacaba media cabeza, cosa que parecía autorizarle a apoyarse en mí.

—Sin ti, nos moriríamos de hambre —aseguró Arden.

Sacudí la cabeza: seguro que unos pocos panecillos no les llenarían el estómago.

—¿Es amiga tuya, Arden? —preguntó intrigado el marinero, que me repasó con la mirada.

Con la blusa demasiado grande y la falda gris remendada, no supe qué impresión le estaba causando, pues su rostro bronceado no lo revelaba.

—Nuestra prima. Pero sea lo que sea lo que te estés imaginando, olvídalo. Liz te dejará varado —bromeó Arden.

Delmore y Landen se echaron a reír. El marinero se limitó a poner los ojos en blanco.

—Dejar varado, como un barco —gruñó Delmore con la boca llena.

No supe si debía avergonzarme de que considerara necesario aclararlo o burlarme de sus gruñidos.

—Liz —repitió el hombre musculado; ahora en su rostro ya pude ver claramente sus intenciones. Se le dibujó una sonrisa encantadora en los labios y yo le devolví la mirada sin tapujos—. ¿Te apetece si te invito a beber algo?

—Con mucho gusto. Y si consigues que me caiga borracha de la silla, probablemente hasta podrás besarme —contesté, magnánima, y puse morritos con descaro con mis finos labios.

Podía permitirme burlarme de él. Esbocé una sonrisa triunfal y arrugué la nariz.

Mis primos soltaron una carcajada y se dieron codazos cómplices entre sí: sabían tan bien como yo que ese beso jamás se haría realidad. No había habido ni una sola noche en que yo no fuera la última en seguir sentada mientras el resto yacían en el suelo inconscientes. Fuera obrero de fábrica o marinero, fuera el doble de ancho que yo o se sintiera eufórico, daba igual. El alcohol me entraba como si fuera agua.

Si pagaba él, me parecía muy bien, porque yo no llevaba dinero encima.

# 3

El señor Fraser me dio dos manzanas bien rojas a cambio de que le llevara una carta al centro de Londres. Era un tipo raro al que no le gustaba mucho gastar dinero con las cartas que tenía que enviar a la propia ciudad. Yo me llevé una alegría con ese dulce apetitoso que se sumó a las pastas en mi estómago.

Los últimos restos se los di al Señor Buttons, que me dio un golpecito con el hocico en forma de agradecimiento y luego se dejó acariciar la cara.

—¿Tiene que ir a la ciudad, señorita Hemmilton? —me preguntó su dueño, el cochero, mientras su caballo tiraba de mi bolso en busca de más manzanas.

Le contesté con una sonrisa de oreja a oreja.

—Si es usted tan amable de llevarme, señor Donnavan, con mucho gusto —dije.

Él se apartó un poco a un lado en el pescante del coche para que pudiera instalarme.

Nunca me sentaba en los asientos de pasajeros, a fin de cuentas no era una clienta ni quería serlo. Prefería pagar mi viaje hasta el siguiente barrio de Londres con una historia sobre piratas vampiros y una reina fantasma maldita con la que el señor Donnavan pudiera sorprender a sus hijos por la noche.

Me dejó en una calle cuando subieron unos clientes y fui a pie a la dirección indicada en el sobre que me había dado el señor Fraser. Se lo di a un hombre peculiar con la nariz torcida y luego me dirigí al Westend, donde se veía una majestuosa casa tras otra. Jane abrió cuando llamé a la puerta del servicio, abrió los ojos de par en par y se lanzó a mis brazos.

—¿Qué haces aquí? —me preguntó con un brillo en los ojos, miró atentamente alrededor para comprobar si alguien

93

nos había visto y me dejó pasar a la gran cocina, alicatada con un estampado azul.

—No tengo nada que hacer hasta esta tarde y he pensado en pasar a verte —le conté, y ella puso cara de escéptica.

—Querrás decir que tienes hambre y has pensado en pasar a ver si me puedes birlar algo —me replicó, al interpretar mi mirada inocente, y me provocó una carcajada.

—¡Eso nunca! —exclamé.

Jane me tapó la boca. Me conocía demasiado bien, pero se equivocaba.

Desde que trabajaba de criada en casa de los Bright, apenas la veía. Dormía en esa casa, en el cuarto de los empleados, tenía cama propia y ropa limpia. Ya no le hacía falta meterse en una cama conmigo, su hermana Laura y sus hijos.

La echaba de menos. No solo era mi prima, también era mi amiga. Ya nadie me obligaba a peinarme por las mañanas, a comer con regularidad y a renegar menos. Sin ella, era distinto. Desde entonces, mi libertad hacía que tuviera una sensación de inconsistencia cada vez mayor.

—¿A quién has metido en la casa? —preguntó arisca una anciana que amasaba junto a la mesa amasando. Parecía que me iba a atravesar con su furiosa mirada; su actitud a la defensiva me dejó claro que no era bienvenida—. ¿Cuántas veces tengo que decirte que a los pordioseros no se les ha perdido nada aquí, Jane? No somos la beneficencia pública —masculló, y se subió las mangas de la blusa con un gesto provocador.

Al hacerlo se esparció sin querer harina por los brazos y tuve que morderme los labios para no reír.

—No se preocupe, señora Roberts. Es mi prima Elisa —me presentó.

Yo hice una torpe reverencia. Jane también tuvo que reprimir una sonrisa.

De pronto, la expresión del rostro de la cocinera se suavizó, incluso sus labios dibujaron algo parecido a una media sonrisa.

—Ah, Elisa. ¿La prima de la que hablas día y noche? —reprendió a Jane, al tiempo que la acusaba con el dedo índice.

Mi prima se limitó a asentir con energía, con una sonrisa beata. La señora Roberts soltó un bufido y se dedicó de nuevo a su masa.

Jane siguió tirando de mí con una risita y nos sentamos en el rincón del fondo de la cocina, en un banco esquinero. Sobre la mesa había una olla medio vacía con sopa; nos sirvió dos cuencos. Me dejó que le contara cómo me había ido el día, se rio de Shawn, se preocupó conmigo por Moira y me riñó por compartir los bollos con sus hermanos.

—Ellos ganan su dinero, Liz. Si no se lo gastaran en bebida, tendrían suficiente para comprarse algo de comer de vez en cuando —se quejó, mientras daba vueltas a la sopa con la cuchara.

—Lo malinterpretas todo, Jane —contesté con un gesto de impaciencia, y le di un empujoncito con el hombro—. Si les llevo algo de comer durante el día, me pagan con más matarratas por la noche.

—Eso no lo mejora —me reprochó, aunque vi la sonrisa que se ocultaba en las comisuras de los labios.

No era un secreto que no le gustaba mi entusiasmo por el alcohol, pero me quería demasiado para prohibirme lo que me gustaba hacer.

—Pero ahora basta de hablar de mí. ¿Cómo te va aquí? —Cambié de tema para que no charláramos solo sobre mí.

Y Jane entró al trapo.

—Muy bien. Los Bright son gente más bien tranquila y no tienen una visión muy estricta de las cosas. Eso lo hace más fácil, porque así no hay que temer a cada paso si cometes un error —me contó, en una alusión a su último trabajo.

Había sido una época horrible en la que Jane siempre parecía infeliz y aún más flaca de lo normal. Sin embargo, bastaba mirar su cara redonda para saber que allí le iba bien.

—Durante el fin de semana tuvimos una velada en la que sobraron tantos pastelitos que el personal tuvo que comérselos para que no se echaran a perder —me contó en tono de broma, y yo torcí el gesto para fingir conmoción con una mueca.

—¿Comiste pastelitos sin mí? —me lamenté, y moví la cabeza hacia atrás en un gesto dramático.

Jane se rio. La señora Roberts nos censuró con la mirada, pero no dijo nada.

—Además, el joven señor Bright está de visita en casa de sus padres.

Con solo decirlo, ya se le tiñeron las mejillas de un rosa suave: una señal que no me pasó desapercibida.

Jane se había enamorado otra vez. Y en esta ocasión no de un marinero cualquiera o un inmigrante irlandés, sino de un caballero elegante de buena familia.

Enseguida se me aceleró el pulso y tuve que contenerme para no perder la sonrisa. Jane era guapa y simpática, con un corazón que regalaba con demasiada facilidad. De no haber estado yo a su lado durante todos esos años, se habría casado sin pensarlo con el primer hombre que pasara por su lado. Durante noches enteras había oído sus pasiones en susurros y le había criticado a todos esos hombres. Cuando se le acercaba alguien, yo lo ahuyentaba por sistema, para que mi prima no perdiera la cabeza por un pillo. En cambio, ahora ya no podría protegerla. Desde que se había ido, ya no podía fijarme en a quién entregaba su corazón y si valía la pena.

Apenas podía respirar y me obligué a seguir comiendo la sopa, aunque se me hubiera quitado el apetito.

—Es un hombre de muy buenos modales. Y muy simpático. Ay, Liz, tendrías que ver sus ojos. Son del azul más puro que jamás se ha visto —dijo entusiasmada.

Y a mí no se me ocurría qué decir para criticarlo. No lo conocía, solo me cabía esperar que alguien como él jamás se interesara por una criada. Por muy guapa que fuera.

# 4

Usé la aldaba de una mansión y esperé en tensión a que el mayordomo abriera la puerta. En los barrios ricos de Londres me sentía insegura en la calle, no paraba de mirar por encima del hombro y tenía más miedo que en los angostos callejones del East End.

En mi barrio por lo menos conocía a todos los delincuentes. Tenían nombre y apellidos; además, sabía cómo tratarlos.

Pero allí era una extraña. Una alborotadora que enseguida llamaba la atención con su ropa raída y por no llevar sombrero.

Por suerte, Benjamin Green no me hizo esperar demasiado y me invitó a pasar con un gesto educado de la cabeza. Era un hombre realmente alto, con una expresión muy seria que cambiaba un poco con una broma o mofa, aunque solo fuera para sonreír. Una lástima, podría haberme robado el corazón si le hubiera puesto un poco de empeño.

Como siempre, solo me dedicó un gesto reservado con la cabeza, así que no supe si era bienvenida o si prefería que me fuera por donde había venido.

Entré despacio en el vestíbulo para que mis pasos no resonaran con demasiada fuerza en las paredes. Unos imponentes marcos de cuadros con una laboriosa ornamentación envolvían valiosos retratos de personas fallecidas mucho tiempo antes y que, aun así, me miraban con desprecio.

Benjamin me acompañó por la puerta de doble hoja hasta el salón, cuya decoración era aún más pomposa. Muebles caros, cojines con borlas, papel de pared de colores.

Fruncí el ceño al caer en la cuenta de lo irónico que era aquello. Papel de pared de colores para un hombre ciego. Era un desperdicio realmente triste.

Como de costumbre, Quinton Beaufort sentado en una butaca, con el rostro vuelto hacia la ventana; contemplaba con los ojos vidriosos la luz de la puesta de sol.

—Elisa Hemmilton, señor. —El mayordomo anunció mi presencia cuando entré en la sala y mis botas sucias se hundieron en el velludillo suave de la costosa alfombra.

—Señorita Elisa. Me alegro de que haya venido —exclamó el señor Beaufort, que hizo amago de levantarse para saludarme.

Me apresuré a ponerle una mano en el hombro y presionar con suavidad para que volviera a sentarse en su butaca.

—Señor, no es necesario que se levante —le dije.

Él soltó una risa áspera.

—Pero debo darle la bienvenida como es debido a una preciosa dama —aseguró.

Con una amplia sonrisa, me dejé caer en la silla que me habían preparado.

—Pero no sabe si soy preciosa —protesté.

Él sonrió con picardía. Se intuía el mujeriego que debió de ser en su juventud.

—Pero Benjamin me lo ha contado —replicó.

Sin querer, desvíe una mirada divertida hacia el mayordomo, que seguía junto a la puerta, sin inmutarse.

Así que era eso. Benjamin Green pensaba que era preciosa.

Aunque no reaccionó, parecía obvio que le resultaba incómodo que le observara, pues me hizo una reverencia y salió rápido de la sala. Me pregunté si siempre hacía una reverencia al salir, al fin y al cabo el señor Beaufort no la veía.

—Entonces el amable señor Green le ha informado mal, señor. En el mejor de los casos, tengo una cara que podría describirse como bastante común, y los brazos y las piernas de una araña zancuda —aclaré, al tiempo que agarraba el libro que descansaba sobre la mesita situada entre los dos.

El marcapáginas de seda indicaba el punto donde lo habíamos dejado la semana anterior.

—También es usted modesta —contestó el señor Beaufort, y yo tuve que reprimir una carcajada.

—Será mejor que empecemos —cambié de tema, abrí el libro y empecé a leer en voz alta.

El señor Beaufort y yo nos habíamos conocido unas semanas antes, una tarde de primavera, fría pero soleada, en el parque que había cerca de su casa. No sé decir qué hacía yo allí en realidad: en cuanto vi a un anciano al que se le había caído el libro de las manos y que no lo encontraba pese a que lo tenía a los pies, se me olvidó todo lo demás.

Benjamin estaba a la caza del sombrero del señor Beaufort, que había salido volando con una fuerte brisa, y había dejado a su señor sentado en un banco del parque.

—Su libro, señor —le dije, y se lo di. El título me llamó la atención, porque era uno de los pocos libros que había leído—. Es una novela fantástica —comenté cuando se lo dejé en las manos abiertas.

—¿La ha leído? —me preguntó, aunque yo ya había dado media vuelta para irme.

—Sí, aprendí a leer con ella —contesté, y reparé en aquellos ojos vidriosos que no llegaban a mirarme.

Volvió a darme el libro.

—¿Tendría la bondad de leérmelo hasta que vuelva mi mayordomo? Hace tiempo que no puedo disfrutar de sus frases.

Benjamin Green nos trajo café y bocadillos, y yo me serví encantada. Incluso leí un capítulo más de lo acordado porque el argumento de la novela estaba demasiado emocionante para esperar a la semana siguiente para continuar.

Cuando cerré el libro, tenía la garganta seca, así que cogí mi taza para beber de un trago el resto del café.

—Es maravilloso. Le agradezco su tiempo, señorita Elisa —dijo el señor Beaufort.

Volví a dejar el libro en la mesita con una sonrisa; allí nos esperaría hasta la semana siguiente.

—Con mucho gusto, señor Beaufort. De nuevo, la selección del libro es excelente —lo elogié por la historia de aventuras.

Él me contestó con una sonrisa de oreja a oreja.

—Pero esa fue su condición. Nada aburrido, dijo —me recordó mis palabras de aquel día en el parque.

Asentí, aunque él no pudiera verlo.

—Tiene toda la razón —añadí después, y me levanté de mi silla.

Al levantarme, me crujió la columna.

—¿Y hoy tampoco quiere dinero? —me preguntó de pronto.

Suspiré. Por lo visto, a los ricos les resultaba incomprensible que yo no quisiera dinero. Mi pago por las horas de lectura eran las historias que de otro modo jamás habría conocido, así como aquellas montañas de bocadillos.

En cierto modo, era comprensible. Vivíamos en dos mundos completamente distintos. Era imposible moverse en sus círculos sin tener dinero. Si algún día sucedía que el destino me ascendía de posición social, también tendría que arreglármelas con eso. Sin embargo, de momento prefería mis trueques.

—Como hace poco me habló de una falda nueva, tengo algo para usted para completar su guardarropa. Y le ruego que lo acepte —anunció el señor Beaufort.

Benjamin Green entró justo en ese momento en la habitación con un cofrecito de madera en la mano. ¿Acaso estaba esperando ahí fuera a oír la palabra clave para intervenir en el momento exacto? Ese hombre era todo un misterio.

Me entregó el cofrecito, que acepté a regañadientes. Pesaba más de lo que esperaba y lo dejé junto al libro en la mesita para abrir el cierre.

Me invadieron unos ligeros nervios porque no sabía lo que me esperaba. Me caía bien el señor Beaufort y no quería que se llevara un chasco rechazando su regalo. Pero yo no usaba joyas de ese tipo.

Sin embargo, cuando abrí la tapa, reí de alivio. Entre el terciopelo, había seis botones brillantes, en un agujero en el medio. ¡Botones! Los saqué y los mecí en las manos. Pesaban, seguro que eran de oro, pero con un brillo tan modesto que podía llevarlos sin llamar la atención. Los botones llevaban grabado un pajarito y lo seguí con la punta del dedo.

—Cielo santo, son maravillosos —dije.

El señor Beaufort unió las manos sobre la barriga redonda, satisfecho.

—Fantástico. Le pedí a Benjamin que los escogiera. Siempre se puede confiar en él —dijo, y volvió a llamar al mayordomo.

—Cierto. Muchas gracias —dije, tanto al señor Beaufort como a Benjamin Green.

El mayordomo cogió el cofrecito y me lo dio para que volviera a guardar los botones.

Sin embargo, por muy amable que fuera el gesto, la cajita era demasiado valiosa para llevármela, así que me guardé los botones en el bolsillo de la falda y le dediqué al mayordomo una dulce sonrisa.

La expresión de su rostro no mostraba emoción alguna. Qué tipo más raro.

Me despedí deseándoles buena salud, y Benjamin Green me acompañó hasta la salida. Dejé el cofrecito, y el mayordomo no me instó a que me lo llevara.

—Hasta la semana que viene, señorita Hemmilton —se despidió en tono apagado.

Le sonreí con una llamativa caída de ojos por encima del hombro, para provocar la más mínima reacción.

—Hasta la semana que viene, señor Green —susurré en tono lascivo.

Él cerró la puerta sin inmutarse y me dejó en la calle, riéndome.

# 5

Tenía el estómago tan lleno que me sentía cansada. Sin embargo, en realidad, no tenía tiempo para eso. Debía darme prisa para volver a tiempo a London City y lograr llevar a cabo el último trueque del día.

La puerta de la sastrería ya estaba cerrada; llamé flojito para que Glory me dejara entrar.

—Ya pensaba que no vendrías y que tendría que limpiar yo misma la porquería —se lamentó nerviosa la ayudante de la sastrería, se retiró la trenza negra como el carbón hacia atrás sobre el hombro y acto seguido me puso la escoba en la mano.

Glory odiaba limpiar. Era una costurera de grandes dotes, hábil y precisa con la aguja o las tijeras. Sin embargo, cuando se trataba de coger un trapo con la mano, se le erizaba todo el cuerpo.

Así que yo limpiaba en su lugar mientras ella aprovechaba el tiempo libre para coserme una falda nueva. De hecho, la necesitaba con urgencia. El invierno estaba al caer y la tela de la que llevaba ya se transparentaba en algunos puntos.

—He traído algo —anuncié cuando Glory balanceó el trasero con elegancia hacia su mesa de trabajo y deshacía el fardo de mi falda, que ya estaba casi terminada.

Metí la mano en el fondo del bolsillo de la falda y saqué los botones dorados.

—¿Podríamos poner esto delante para decorar? —propuse.

Glory levantó tanto las cejas que casi le llegaron al nacimiento del cabello.

Me cogió uno de los botones de la mano y lo sostuvo contra la luz de la lámpara.

—¿De dónde lo has sacado? —preguntó, asombrada, y me pidió que le diera los otros—. Son muy bonitos, Liz. Y seguro que muy valiosos.

Me lanzó una mirada de soslayo y me observó como si me hubiera sorprendido cometiendo un crimen.

Intenté no hacerle caso.

—Me los han regalado —me limité a decir, bastante segura de no querer darle más información.

Glory era una veleidosa de la que no me fiaría en absoluto, si no tuviera la necesidad de llevar ropa.

—Ya, ya —comentó, a la espera de una información que no le di.

Se hizo un silencio desagradable, barrí la sastrería y ella le dio las últimas puntadas al dobladillo para fijar de una vez los botones con un hilo de un grosor especial para que no los perdiera por descuido.

Una vez limpias las superficies, recogidos con esmero los restos de tela y clasificados los hilos por colores, Glory anunció que mi falda estaba lista. No me tragué que estuviera tanto tiempo ahí sentada y terminara el trabajo justo en el momento en que la sastrería estaba limpia.

—Pero seguro que necesitas más, ¿no? —preguntó, y frunció los labios hasta poner morritos, pues pensaba que así estaba adorable.

Esbocé una sonrisa insípida.

—Sí. Mañana te traeré la tela para un abrigo nuevo —le dije, y así le aseguré que no tendría que limpiar en un futuro.

Me dejó cambiarme en el cuarto que había detrás de la sastrería y dejar en la caja de los retazos la vieja falda remendada, que ya había cumplido su servicio mucho tiempo.

Tras una breve despedida desaparecí en la penumbra que se cernía sobre la ciudad como un manto oscuro. Bajo la sombra de los edificios, el mal salía de los rincones, arañaba las paredes al pasar y recorría los callejones en busca de víctimas.

Recorrí las callejuelas a buen paso para llegar a una de las vías más anchas flanqueadas por farolas, con el bolso pegado a mí. Aun así, me esforcé por caminar erguida y no parecer tensa. En ningún caso quería que las sombras de la noche me percibieran como alguien débil.

A fin de cuentas era Elisa Hemmilton, heroína intrépida de los trueques. Si se daba el caso, encontraría la manera de salir airosa.

Las luces de las farolas de gas brillaban a lo lejos cuando vi que algo se movía junto a la pared de una casa. Dos siluetas emergieron de la oscuridad cada vez más cerrada y se interpusieron en mi camino. El corazón me dio un vuelco y luego latió aún más rápido.

Sin embargo, me limité a levantar aún más la barbilla y poner cara de arrogante. Me acerqué a las dos siluetas con paso decidido, como si no las hubiera visto.

Me enfrentaba así a esos delincuentes de poca monta porque conocía su secreto: también le tenían miedo a la oscuridad y a los horrores que acechaban en ella. Un pez con los dientes afilados siempre tiene miedo de otro con los dientes aún más grandes.

No tuve ni que mirar atrás para saber que había aparecido otro hombre; el ruido de sus pasos al arrastrar los pies sobre el basto asfalto no dejaba lugar a dudas.

—Bueno, ¿qué tenemos por aquí? Una ratoncita que se ha perdido entre gatos —masculló uno de los dos hombres que tenía delante, y fue como si me quitara un peso de encima.

Me entraron ganas de soltar una carcajada cuando reconocí su voz, pero habría echado a perder todo el poder que desempeñaba en ese momento. Con todo, mi miedo se desvaneció enseguida y puse los brazos en jarra en un gesto desafiante.

—En eso te equivocas. Yo soy más bien una serpiente, querido —contesté; aunque intenté reprimirlo, se notaba el deje divertido en la voz.

Seguía con el pulso acelerado, aunque esta vez por el alivio, y la euforia me corría por las venas.

El hombre que tenía delante, el que había hablado, bajó los hombros y dio un paso adelante para verme mejor.

—Oh, no —gimió, nervioso, y sacudió la cabeza—. Es Elisa Hemmilton.

—Sí, ¿y? —preguntó el que tenía al lado, que le dio un empujón exigente.

Sin embargo, él hizo un gesto de resignación.

—No malgastes tus esfuerzos. Nunca lleva dinero encima —comentó, y tenía toda la razón.

Aun así, deslicé la mano en el bolsillo y busqué a tientas en la lana áspera.

—Pero tengo otra cosa para ti, Jimmy Fuller. —Le di el gorro que llevaba encima desde la mañana—. Me lo dio tu madre para que su pequeño Jimmy no pasara frío por la noche. Ya hace mucho frío en esta época del año —susurré como si hablara con un niño pequeño, y el hombre que tenía detrás se echó a reír.

Yo tampoco pude reprimir más la sonrisa cuando Jimmy Fuller me arrancó el gorro de las manos.

—Te odio, Elisa —bufó él un poco serio, y yo me encogí de hombros, juguetona.

—Oh… —exclamé, y esbocé una sonrisa empalagosa, como si me hubiera hecho un cumplido—. Ha sido un placer.

—Desaparece antes de que te dé una paliza —amenazó, y me dejó pasar.

—No, no vaya a ser que me guste —repliqué con descaro, y ahora se rio también el segundo de sus hombres.

Salí del callejón balanceando las caderas hacia la calle iluminada y me reí para mis adentros. Solo por esa escena había valido la pena llevar el gorro todo el día encima.

Solo había caminado unos cien pasos cuando vi enfrente la siguiente situación curiosa. A lo lejos se oía a alguien poniendo el grito en el cielo. Había una mujer en la entrada de una casa, discutiendo a voces con un hombre en la puerta que llevaba el atuendo de mayordomo.

—¡Esto es increíble! ¿De verdad sabe quién soy? —exclamó ella, y el mayordomo cerró los puños con una mirada furiosa.

—El señor está a punto de marcharse. No puedo dejarle pasar —intentó convencerla, pero ella sacudía la cabeza.

—Por supuesto —repuso ella con sarcasmo, y soltó un bufido—. Ayer estaba durmiendo, anteayer tenía una visita inesperada. ¿Cuál será la siguiente excusa?

Me acerqué, no pude evitar seguir la escena que se me ofrecía. ¿Qué tipo de mujer era esa que lanzaba semejantes acusaciones en plena calle?

Enseguida me entraron ganas de ayudarla, aunque tenía los huesos cansados después de un día tan largo y habría sido mejor irse a casa. Sin embargo, era demasiado raro para pasar por ahí sin más. Así pues, me acerqué a la escalera bajo la sombra de la pared de la casa y observé lo que ocurría.

—Oiga, señora… —empezó el mayordomo.

—¡Señorita! —le interrumpió la dama con aspereza, y se colocó bien ese sombrero demasiado grande—. Y sé perfectamente que el señor Montgomery ya ha solicitado infinidad de veces una cátedra y es muy culto en su ámbito. Le ofrezco el puesto y él no quiere hablar conmigo porque se trata de una organización de mujeres.

Abrí los ojos de par en par, sorprendida, y estuve a punto de tropezar; cuando se me quedó el pie colgado, pude apoyarme en la pared.

El mayordomo abrió la boca, pero la dama aún no había terminado y levantó un dedo con un guante puntiagudo, a modo de advertencia.

—Y dice que es una persona caritativa. Generosa y abierta. Pero no quiere invitarme a pasar. Dios no quiera que tenga que oír mi propuesta, que ha decidido rechazar para no arruinar su tan reputada fama —le reprendió.

Tuve que contener la risa. Aquello estaba mejorando.

—El señor se ha ido al club —aseguró el mayordomo con vehemencia; empezaba a costarle mantener la compostura—. Él…

De nuevo, la dama lo interrumpió.

—El señor —se burló, y levantó las manos al aire de manera que las opulentas joyas que llevaba en la muñeca y los dedos brillaron bajo la luz de las farolas de gas—. ¡Pero no es Dios!

—Aun así no la dejaré pasar, señorita. —El mayordomo se mantuvo en sus trece y retrocedió en la puerta—. Buenas noches.

—Volveré. Mañana y pasado mañana. Y todos los días hasta que el señor Montgomery me reciba —exclamó cuando el mayordomo se dispuso a cerrar la puerta—. ¡Puede estar seguro!

Se oyó un ruido, como si alguien girara una llave, y la señora soltó un bufido de indignación.

—¡Qué descaro! —exclamó para sí misma.

Caminó por la calle, en dirección contraria, donde un coche la esperaba no muy lejos.

Hice crujir el cuello y respiré hondo el aire fresco de la noche.

Qué conversación más interesante. De hecho, solo podía deducir el contexto, pero aquello que ignoraba despertaba tanto mi curiosidad que hice de tripas corazón y me acerqué a la señora. Ella dio un respingo cuando me vio a su lado. Me miró muy sorprendida.

Antes de que pudiera abrir la boca para decir algo, pregunté:

—¿De qué tipo de «organización de mujeres» hablaba?

Ella miró alrededor, probablemente para averiguar si estaba sola. Me miró irritada porque le sacaba una cabeza.

—Como hablaba de una cátedra, sonaba a universidad. Pero ¿una universidad para mujeres? —pregunté con escepticismo.

La señora ladeó la cabeza. Por lo menos, no la había asustado lo suficiente para darle miedo. O se sentía segura porque el cochero había bajado del pescante y nos miraba con mucha atención.

—¿Quién es usted? —me preguntó.

En mi fuero interno, me reproché mi falta de educación. Siempre se me olvidaba que con los ricos todo iba distinto que en el East End.

—Por supuesto, disculpe. Me llamo Elisa Hemmilton y he oído por casualidad su nada discreta conversación —aclaré, y sonreí como si una pudiera sentirse orgullosa de eso.

—Buenas noches —dijo con rigidez, pero no se presentó.

Por un momento, incluso temí que pretendiera no contestar a mi pregunta y marcharse sin más.

Sin embargo, se pavoneó y puso un semblante serio.

—Sí, lo ha entendido bien. Se trata de una universidad solo para mujeres. Pertenezco al comité de la fundación y ahora estoy buscando profesores cualificados. Si no fueran tan testarudos —volvió a quejarse, y lanzó una mirada furiosa a la casa.

—¿Por qué no va a buscarlo a su club? —le pregunté, al tiempo que caminaba al lado de la señora, que se dirigía despacio a su coche.

No me quitaba de la cabeza la idea de una universidad para mujeres. Era maravilloso, me parecía tan tentador como imposible.

—¿Perdone? —La señora me miró sorprendida, pero yo lo veía tan claro que pensaba que a cualquiera se le podría haber ocurrido un plan así.

Sin embargo, por lo visto, tenía que explicarme.

—Bueno —empecé, y sonreí con picardía—. Puede ir al club de ese tal señor Montgomery y ofrecerle la cátedra en público. Si quiere quedar como una persona caritativa y abierta, le obligará a aceptar, al tener testigos —dije.

La señora, que se había detenido, me miró con tanto descaro que temí haber dicho algo completamente absurdo.

—¡Es brillante! —exclamó, y yo respiré aliviada. Se llevó el dedo índice a la boca y reflexionó durante unos momentos—. Siempre y cuando me dejen entrar en el club —murmuró.

Entendí cuál era el problema. En esos clubs, una mujer solo entraba con invitación. O si era una prostituta.

—¿Y de qué tipo de club se trata exactamente? —pregunté para ayudarla a encontrar la solución.

La señora volvió a mirarme.

—¿Por qué le interesa? —me preguntó a su vez.

Me encogí de hombros.

—Suena interesante y siento curiosidad.

Era la verdad. No tenía motivos para ayudarla, pero la situación me parecía interesante, además de justo ese tipo de ocasiones que luego desembocaban en los mejores trueques.

Se limitó a soltar un bufido.

—Además, conozco a mucha gente —añadí para ofrecer otro incentivo.

—Es un club para hombres mayores fumadores. ¿También conoce a alguien en el Club Sterling? —preguntó, retadora, como si no me creyera.

Me reí: conocía ese nombre.

—De hecho, sí —exclamé, y noté las ganas de aventuras que corrían por mis venas. Qué noche tan emocionante—. Pero para eso necesitamos puros caros.

# 6

La señora me dejó subir al coche y dio instrucciones al cochero de ir hasta el primer tabaquero. Aún no era tan tarde como para que todas las tiendas hubieran cerrado. El cochero nos llevó, por supuesto, a través del corazón de Londres hasta la tiendecita del señor Serranopolis. «Fantástico», pensé, nerviosa, y me hundí un poco más en el suave tapizado del banco. Esa tienda era la única de todo Londres donde no podía poner un pie si no quería recibir un buen garrotazo.

Me limité a sonreír cuando con la mirada me instó a salir y yo no me moví del sitio.

—Tiene que ir usted. No llevo dinero encima —me excusé.

Ella me miró con desconfianza.

—Pero ¿quién va sin dinero encima, por favor? —preguntó.

Me eché a reír.

—No necesito dinero. Las cosas que necesito las intercambio —aclaré.

Ella negó con la cabeza.

—Brendon-Welderson —dijo de pronto.

No la entendí.

—Mi nombre. Señorita Franzin Brendon-Welderson. Y espero que esté diciendo la verdad y me ayude a entrar en ese club.

—Lo haré, señorita Brendon-Welderson —le aseguré, y bajó del coche con la cabeza alta.

Su prominente falda apenas pasaba por la estrecha puerta de la tienda, cosa que me resultó graciosa; no tuve que esperar mucho hasta que regresó con una cajita de madera en las manos.

El club estaba a apenas unas calles, por lo que caminamos desde la última esquina para no causar un revuelo innecesario con el coche.

Sentía un hormigueo por todo el cuerpo. Tuve que esforzarme para calmar la respiración; los dedos me temblaban por los nervios. Todos los días me sucedían imprevistos, y yo me escurría como un río en busca de un nuevo cauce.

Sin embargo, aquel día era distinto porque no solo tenía que ayudarme a mí, sino demostrar mi valía ante la joven dama. Tenía la sensación de que me convenía no hacer el ridículo delante de ella.

—Espere aquí un momento —le pedí cuando vimos la entrada del edificio iluminado, al que se acercaron dos hombres con chaqueta de esmoquin de terciopelo granate; el fornido portero los dejó pasar.

Guardé con discreción la caja de puros en mi bolso y me alegré de llevar la falda nueva, mucho más decente que la antigua, de manera que no llamaba la atención ni me incomodaba en esa zona. Esperé a que la puerta se volviera a cerrar detrás de los caballeros y me puse en marcha.

El portero me vio llegar de lejos, se irguió de manera que su complexión ancha resaltaba y adoptó un gesto amenazador. En realidad, daba miedo con esa nariz torcida, además de la cicatriz que iba desde la mejilla izquierda hasta por debajo de la barbilla.

Con todo, no me daba miedo, sabía demasiado sobre él. Le sonreí con malicia y el gesto adusto se desvaneció al reconocerme.

—Elisa, ¿qué haces aquí? —me preguntó, asombrado.

Me apoyé a su lado en la barandilla fría de la escalera de entrada.

—Buenas noches, Baxter —saludé en tono firme, y lo miré de arriba abajo—. Se te ve bien.

—¿Qué quieres? —gruñó, al tiempo que cruzaba los brazos musculados.

Baxter y yo éramos del mismo barrio. Sus hermanas eran amigas de mis primas, su hermano ya había intentado jugármela y no había acabado bien. Yo lo conocía a él, y él a mí. Solo porque ahora se dejara aporrear la cara en peleas de boxeo no era una persona distinta. Su hermano era un canalla incorregible, pero él tenía un cascarón duro y un interior bastante blando.

—Me gustaría que dejaras pasar a mi amiga. Solo quince minutos —le dije sin rodeos, y él esbozó una media sonrisa.

—Claro que no.

—Vamos, Bax —protesté en tono amistoso, al tiempo que sacaba la caja de puros del bolso como si la hubiera encontrado por casualidad—. Podrías encenderte uno de estos, estirar un poco las piernas y no ver cómo mi amiga se cuela en el edificio —propuse.

Sin embargo, él negó con la cabeza…, aunque no apartaba la mirada de los puros.

—Podría acabar mal si dejo pasar a alguien —gruñó.

Le resté importancia con un gesto; con una sonrisa despreocupada, insistí.

—No es una cualquiera. Es la señorita Franzin Brendon-Welderson —anuncié, como si fuera alguien importante que todo el mundo debería conocer.

Por supuesto, no sabía si era verdad que no era una cualquiera, pero no era algo que Baxter tuviera que saber. Bastaba con que le echara un vistazo, viera el aparatoso vestido y las joyas caras y sacara sus conclusiones. Apretaba las mandíbulas mientras se devanaba los sesos para saber qué era mejor.

Era un muchacho muy testarudo. A su hermano Davis ya lo habría convencido hacía rato, pero también era un inútil de primera.

—Elisa… —empezó Baxter.

Sin embargo, no le dejé seguir: si las suposiciones de mi hermana Mary eran ciertas, guardaba un as en la manga. Y, por lo general, ella solía dar en el clavo.

—¿Sabes con quién he hablado esta mañana? —lo interrumpí como si fuera un descuido—. Con Harriet Molton —pronuncié el nombre con esmero.

Baxter se quedó helado. Al ver que rehuía mi mirada, sonreí aún más. Así pues, Mary llevaba algo de razón.

—No te vas a creer lo que me ha dicho —le solté, y di un paso triunfal hacia él, con las manos apoyadas en los costados.

Vi que su cabeza trabajaba y que tuvo que forzarse a abrir la boca.

—¿Y qué ha dicho? —preguntó con voz ronca tras un instante de silencio.

Me encogí de hombros.

—Ya te imaginas cómo va a ir esto, ¿no? —dije.

Él gruñó por lo bajo.

—Tú me cuentas lo que ha dicho Harriet si dejo pasar a tu amiga —contestó él, obediente, debatiéndose entre el sentido del deber y la curiosidad; me ofreció esa enorme mano callosa—. Dame los puros —rugió.

Solté un grito de júbilo.

—Y deja de alegrarte por el mal ajeno, Elisa Hemmilton —me reprendió.

Me quitó la caja de madera y bajó los peldaños para dejar libre la entrada.

—Ay, Baxter Caravan, ya me conoces. No puedo evitarlo —dije a la ligera.

Le hice una señal a la señorita Brandon-Welderson, que enseguida se puso en marcha.

Nos colocamos un poco más allá, junto a una farola. Baxter se encendió un puro mientras la señora que teníamos detrás subía corriendo los peldaños y se colaba por la puerta del club Sterling.

—Bueno, con Harriet solo has hablado del tiempo, ¿verdad? —murmuró Baxter cuando dio la primera calada, y me miró mal por el rabillo del ojo.

La luz de la farola se enredó en sus ojos oscuros y remató su aspecto amenazante. Interpretaba a la perfección el papel de portero testarudo.

—Hemos hablado de ti —le expliqué.

La expresión severa del rostro se desvaneció en el acto.

—¿De verdad? —Estuvo a punto de resbalársele el puro entre los dedos nerviosos.

—Se puso roja —proseguí.

Baxter se quedó boquiabierto.

—Te lo estás inventando —me susurró.

Pero negué con la cabeza. Era divertido ver cómo iba perdiendo la compostura, y ni siquiera había tenido que inventar nada.

—Te juro que pasó exactamente así —le aseguré, y me llevé la mano al corazón. Un viento frío recorrió la calle y los nervios de los últimos minutos remitieron, así que empecé a helarme poco a poco—. Si quieres que te dé un consejo: habla con ella, Bax. Lo está esperando.

Me froté las mangas de la fina blusa y me pregunté por qué aún no había vuelto a casa, donde Edith me prepararía un café; luego me metería en la cama al lado de Mary y los niños.

—Pero… hasta ahora ni siquiera me ha mirado cuando he ido a la panadería. —Baxter frunció el ceño, inseguro.

Puse cara de desesperación, le cogí el puro, que solo se balanceaba entre sus dedos, y le di una calada.

—Sí, ese es el problema con los Molton —suspiré, y eché el humo hacia el cielo nocturno—. Son demasiado tímidos.

Me llegaron a los oídos música y un murmullo de voces; ambos nos volvimos hacia la puerta, que alguien había abierto de golpe.

—Por supuesto, señor Montgomery. Disculpe, claro, señor Montgomery —se disculpaba la señorita Brendon-Welderson, que asintió con alegría a un anciano que la acompañaba a la puerta. La sonrisa que lucía en los labios era de todo menos sincera, pero no parecía molestarle lo más mínimo.

—Que pase una buena noche, señorita Brendòn-Welderson. Hablaremos el lunes —se despidió él.

Ella hizo una reverencia muy formal.

—Diría que ha logrado su objetivo —le dije a Baxter.

Le devolví el puro y me dirigí a la señora, que caminaba directamente hacia mí.

—Oh, señorita Hemmilton. Es maravilloso. Todo ha ido justo como usted predijo —me dijo, y me puso una mano en el hombro.

Me alegré por que hubiera logrado su objetivo y al mismo tiempo me sentía orgullosa de haber sido una parte decisiva.

—¿Cómo puedo compensarle su ayuda? —preguntó, y enseguida se me ocurrió algo.

—Podría llevarme a casa —propuse.

Me despedí de Baxter con un gesto de la cabeza. Él me correspondió y volvió a su puesto frente a la puerta. Me pareció que subía los peldaños dando brincos.

Contuve un bostezo al subir al coche y desplomarme sobre el mullido banco. «Vaya día», pensé, y observé por la ventana aquel Londres nocturno que aún me daba más sueño.

—Este trayecto en coche no es suficiente, ni mucho menos —graznó la voz de la señorita Brendon-Welderson a mi lado, cosa que me sacó de mi estado de sopor—. Debo pagarle por su propuesta y su tiempo.

—No es necesario, señorita —repuse, y sonreí cansada—. No voy a aceptar dinero.

La luz de las farolas caía en intervalos regulares sobre el espacio de los pasajeros e iluminó el fino rostro de mi interlocutora.

—¿Y si le ofrezco otra cosa? —insistió.

Yo me eché a reír.

—¿Qué tiene *in mente*?

Me intrigaba lo que podía llegar a inventar, qué objeto de los que llevaba encima podría regalarme.

—¿Qué le parecería una beca de estudios? —dijo por sorpresa.

La miré, incrédula.

—Bueno, ha demostrado ser una mujer lista. Alguien que sabe sacar provecho de sus relaciones. Con algo más de formación y las personas adecuadas a su lado, podría alcanzar grandes logros.

En ese momento me desvelé, miré fijamente a la dama que tenía enfrente sin disimulo y sin saber qué decir.

—Yo podría ser su benefactora —añadió—. Su vida experimentaría un cambio radical. Podría vivir en mi casa, acompañarme a actos, empezar una carrera como artista o escritora. O entrar en política, si le atrae.

El corazón me latía con tanta fuerza en los oídos que temía que todo fueran imaginaciones mías. Probablemente, me había dormido y solo estaba soñando la conversación.

Pero ¿y si aquella oferta era en serio? Renunciaría a mi vida tal y como la conocía y todo podría cambiar. Eso me daba miedo, pero, al mismo tiempo, me provocaba una sed incontenible de aventuras.

Necesité un momento para recuperar el habla.

—Entonces, ¿debería llevar dinero encima?

Sí, esa fue la primera pregunta que se me ocurrió; enseguida me reproché tal banalidad.

La señorita Brendon-Welderson se rio con afectación.

—Sí, debería, sí.

Respiré hondo, abrumada como hacía mucho tiempo que no me sentía.

—Necesito pensarlo —dije.

Y eso hice.

# Pequeños Conceptos de moda

Corsé

Crinolina
(miriñaque)

Cul *de París*

*Polisón*

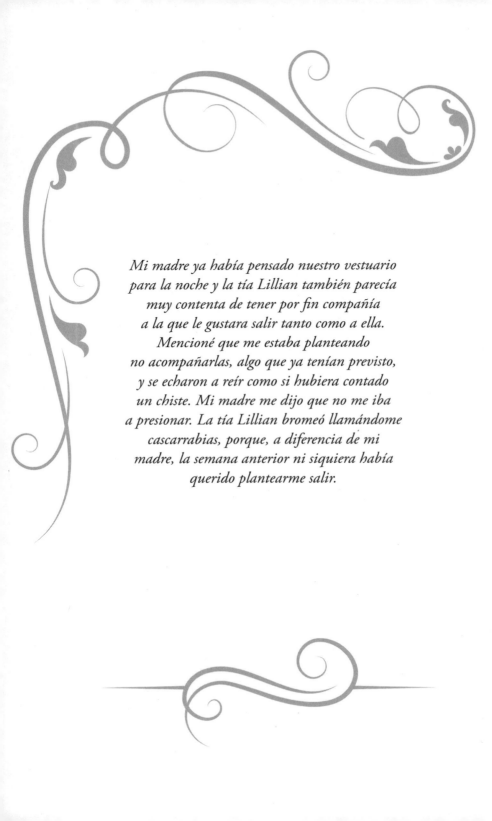

*Mi madre ya había pensado nuestro vestuario
para la noche y la tía Lillian también parecía
muy contenta de tener por fin compañía
a la que le gustara salir tanto como a ella.
Mencioné que me estaba planteando
no acompañarlas, algo que ya tenían previsto,
y se echaron a reír como si hubiera contado
un chiste. Mi madre me dijo que no me iba
a presionar. La tía Lillian bromeó llamándome
cascarrabias, porque, a diferencia de mi
madre, la semana anterior ni siquiera había
querido plantearme salir.*

*Lillian Crumb*
*londres*

26 de agosto de 1891

Querida Lillian:

Perdona que haya tardado tanto en escribirte y que mis planes de volver a Londres de visita hayan tenido que aplazarse durante tanto tiempo.

Sin embargo, están pasando muchas cosas en mi vida, como la última vez en verano, cuando enviaron a casa a Animant por una gripe grave y Henry, por desgracia, se hizo amigo del chico de los Soyer.

Pero una cosa después de la otra.

¿Cuándo nos vimos, querida cuñada? ¿En la boda de Henry? Me parece que ha pasado una eternidad y no solo unos meses.

Esa boda fue simplemente el epítome de la perfección. Henry estaba impresionante, y su querida Rachel, preciosa. La decoración floral y el discurso, y todos esos bonitos vestidos. Aún hoy sigo soñando con ese día.

*Querida Lillian:*

Perdona que haya tardado tanto en escribirte y que mis planes de volver a Londres de visita hayan tenido que aplazarse durante tanto tiempo.

Sin embargo, están pasando muchas cosas en mi vida, como la última vez en verano, cuando enviaron a casa a Animant por una gripe grave y Henry, por desgracia, se hizo amigo del chico de los Soyer.

Pero una cosa después de la otra.

¿Cuándo nos vimos, querida cuñada? ¿En la boda de Henry? Me parece que ha pasado una eternidad y no solo unos meses.

Esa boda fue simplemente el epítome de la perfección. Henry estaba impresionante, y su querida Rachel, preciosa. La decoración floral y el discurso, y todos esos bonitos vestidos. Aún hoy sigo soñando con ese día.

Además, la familia de Rachel es gente de lo más amable y cortés. Me da vergüenza haber pensado tan mal de los suyos.

Solo mi hermano Murrey se comportó como un cerdo. Estuvo a punto de echar a perder esa maravillosa noche entre farolillos.

Puedes estar segura de que no voy a invitar a ese canalla a la boda de Animant.

Aunque todavía no hay fecha para el enlace. No por mi culpa, aunque tenga la agenda a rebosar. Una pelea en la familia Reed. ¿Cómo se va a organizar una boda cuando la otra mitad de la familia se niega a ir? Imagínate, la pobre Animant se convertiría en el hazmerreír de la gente. No, no, no puedo permitirlo.

Sin embargo, aunque al principio me preocupaba de verdad el bibliotecario, por desgracia debo admitir que también le he cogido cariño. No se lo cuentes a Animant, por favor, o se haría la lista otra vez recordándome que ya me avisó.

¿Sabías que enseña a leer y a escribir a niños de los barrios pobres de forma gratuita? Y encima es modesto. Aunque a menudo su forma de expresarse es ruda y parece prescindir de toda educación, en realidad tiene la mente despierta y sorprendentemente abierta. Impresiona con su intelecto y consigue callar incluso a Ani. Sé que no debería divertirme, pero no puedo evitar esa sensación de alegría por el mal ajeno.

Sin embargo, cuando creen que nadie los ve, el tono irónico se vuelve muy suave y da lugar a riñas cariñosas y risas flojas. Mis dudas sobre si la quiere de verdad se han disipado, aunque la haya hecho esperar tres meses enteros: eso me cuesta perdonárselo. Sin embargo, los ojos de los dos trasmiten un profundo afecto, y es la imagen más bonita que podría desear una madre para sus hijos.

Solo hay una cosa que no comprendo en absoluto. ¿Sabías que Animant tiene pensado abrir un negocio? Alguien de su posición, y encima mujer. ¡No salgo de mi asombro!

¿Te lo ha contado? Me lo contó por carta esta semana, y en mi fuero interno espero que se trate de una broma a su madre.

Encima, su prometido la apoya y no la disuade de cometer semejante locura; en mi opinión, escapa a todo entendimiento. Thomas Reed tiene muchas ideas revolucionarias, pero eso ya pasa de castaño oscuro. Una mujer trabajadora, guapa y buena. Pero ¿propietaria de una librería?

Le he pedido que se lo vuelva a pensar, pero te ruego que tú también hables con ella, porque a mí no me hace caso.

Ahora pasemos a un tema más alegre antes de que me ponga furiosa otra vez.

Yo también tengo una novedad.

Ya sabes lo mucho que me aburría estos últimos años, aunque no quería admitirlo. Sin embargo, Animant, esa loca, tuvo una idea fantástica que al principio me tomé con gran escepticismo: un cargo honorífico.

Me dijo que muchas mujeres nobles se buscan uno cuando se apoderan de ellas las ganas de dedicarse a la beneficencia. O el aburrimiento.

Le daba vueltas, pero no me decidí hasta que en mi último viaje a Bath me encontré con la señora Glenwood. Resultó ser que era amiga tuya. Qué casualidad.

Estaba comprando en la tienda de la señorita Hill, detrás de Bath Street, sesenta y cinco yardas de un tejido de lana basto. Le pregunté qué quería hacer con semejante cantidad y me dijo: «Voy a encargar faldas para mis huérfanas».

¿Lo sabías? En la casa patrocinada por la señora Glenwood se alojan dieciséis niñas. Ella aporta dinero y productos, va de visita varias veces por semana e incluso les lee cuentos por las noches.

Me preguntó si me lo estaba pensando, porque le hacía muchas preguntas, y me habló de una casa de mujeres que necesitaba con urgencia una mecenas.

Bueno, qué voy a decir. Dieciséis chicas ahora tienen un techo. Incluso he podido emparejar a dos de ellas para que pronto ya no necesiten mi ayuda.

Qué despilfarro haberme dejado la piel durante tantos años en mi desagradecida hija para encontrarle un buen partido cuando ahí fuera hay tantas chicas jóvenes que solo necesitan una mano amiga y un corazón generoso para prosperar.

Además, no solo me sienta bien a mí, también a mi matrimonio. Antes solo me quedaba ahí sentada, esperando a que Charles volviera a casa. Ahora es él quien me espera, me corteja y me reclama que le dedique mi tiempo libre. Estoy enamorada otra vez, Lillian. Quién habría dicho que a mi edad volvería a sentirme tan joven.

Espero que Ani siga su propio consejo y se busque un cargo honorífico, en vez de perseguir esa idea demencial de tener una librería.

Habla con ella, Lillian, por favor. Significaría mucho para mí.

Con mucho cariño,

*Charlotte*

# Charles y Charlotte Crumb

No es fácil tratar con los padres. Sobre todo cuando una no sabe lo que quiere.

Charlotte Crumb pone de los nervios a su hija con el tema de la boda, y Charles tiene su propia manera de ver el mundo, cosa que no facilita la historia de amor de Henry.

Sin embargo, los dos son ante todo padres que quieren lo mejor para sus hijos.

Aunque a Animant no le resulte fácil reconocerlo, ni mucho menos. Por supuesto, su madre es agotadora, pero el único problema es que Animant no habla con ella.

Siempre la evita, no la considera lo bastante comprensiva, no aprecia sus preocupaciones. Es el destino de todas las madres, ja, ja, ja, ja.

Aun así, los dos son modelos para sus hijos.

Cuando los inventé, no me planteé en serio que sus nombres fueran casi idénticos. Cuando una lectora me lo dijo, solté una buena carcajada. ¡Qué casualidad tan rara!

Pero ¿por qué no? Cosas más raras se han visto.

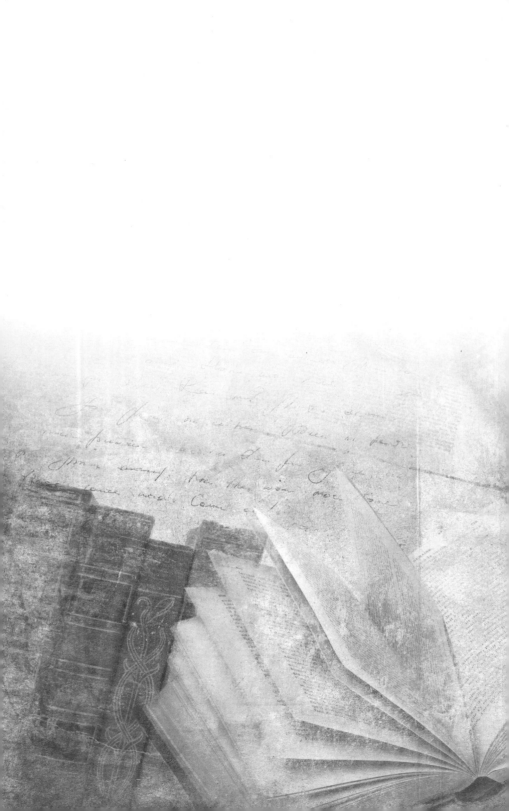

# Plan de lectura de noviembre

La acción de *La biblioteca de los sueños imposibles* transcurre en noviembre. El aire es frío, se acerca el invierno y el tiempo es gris y cambiante.

Pasamos junto con Animant cada día del mes durante el que vive y trabaja en Londres, así que el libro se puede leer a lo largo del mes de noviembre.

Empezamos el primer viernes del mes. Al principio, se saltan varios días; en el segundo capítulo, acabas en Londres con Animant, un domingo, en casa de su tío. El lunes conoce al señor Reed, etcétera. Un mes.

Podéis probarlo y disfrutarlo.

| Fecha | Día de la semana | Capítulo |
|---|---|---|
| | viernes | Prólogo |
| | sábado | 1 |
| | domingo | 2 |
| | Primera semana de Ani | |
| | lunes | 3 + 4 |
| | martes | 5 + 6 |
| | miércoles | 7 + 8 |
| | jueves | 8 + 9 |
| | viernes | 9 |
| | sábado | 10 + 11 + 12 |
| | Segunda semana de Ani | |
| | lunes | 13 + 14 |
| | martes | 14 + 15 + 16 |
| | miércoles | 16 + 17 + 18 |
| | jueves | 18 + 19 |
| | viernes | 19 + 20 |
| | sábado | 20 + 21 + 22 + 23 |
| | domingo | 24 |

| | Tercera semana de Ani | |
|---|---|---|
| | lunes | 25 + 26 + 27 |
| | martes | 27 + 28 |
| | miércoles | 28 |
| | jueves | 29 + 30 + 31 + 32 |
| | viernes | 33 |
| | sábado | 34 + 35 |
| | domingo | 36 + 37 + 38 + 39 |
| | Cuarta semana de Ani | |
| | lunes | 39 + 40 + 41 |
| | martes | 42 + 43 + 44 + 45 |
| | miércoles | 45 + 46 |
| | jueves | 46 |
| | | 47 |
| | | |

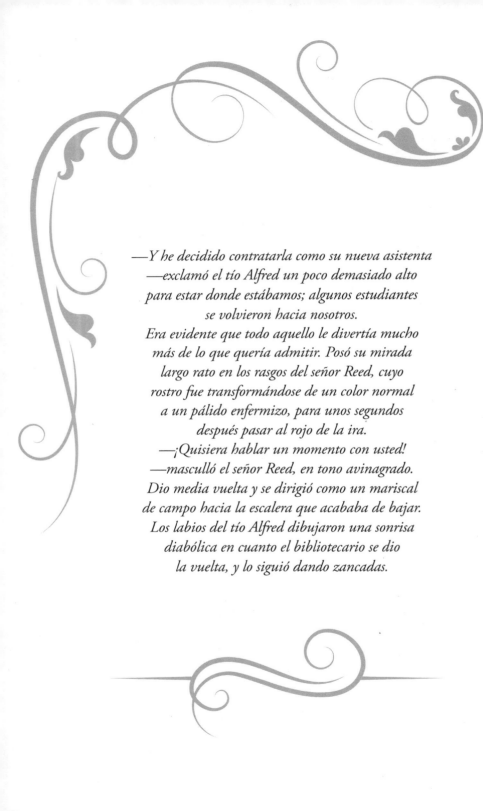

—Y he decidido contratarla como su nueva asistenta —exclamó el tío Alfred un poco demasiado alto para estar donde estábamos; algunos estudiantes se volvieron hacia nosotros.

Era evidente que todo aquello le divertía mucho más de lo que quería admitir. Posó su mirada largo rato en los rasgos del señor Reed, cuyo rostro fue transformándose de un color normal a un pálido enfermizo, para unos segundos después pasar al rojo de la ira.

—¡Quisiera hablar un momento con usted! —masculló el señor Reed, en tono avinagrado. Dio media vuelta y se dirigió como un mariscal de campo hacia la escalera que acababa de bajar. Los labios del tío Alfred dibujaron una sonrisa diabólica en cuanto el bibliotecario se dio la vuelta, y lo siguió dando zancadas.

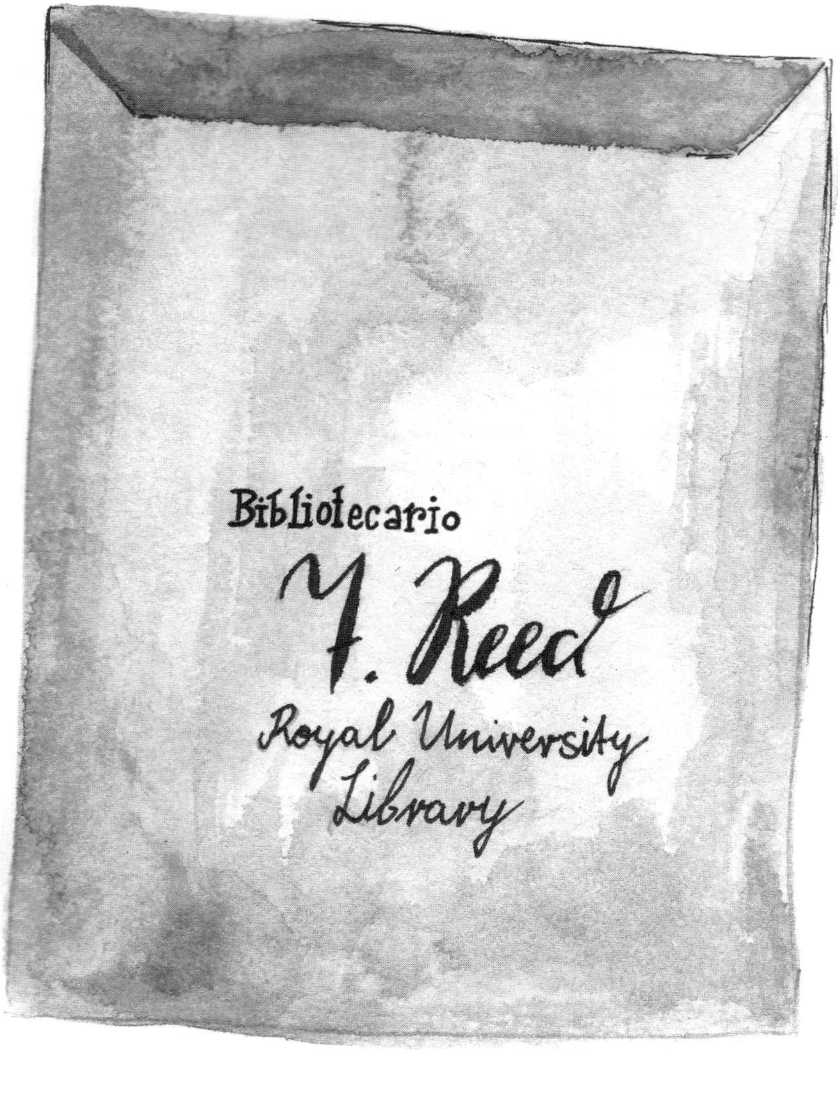
Bibliotecario
Y. Reed
Royal University
Library

21 de septiembre de 1891

Estimado señor Reed:

Sin duda, ya estará al corriente de que mi sobrina, la señorita Crumb, ha dejado el puesto de ayudante de bibliotecario con usted porque se le ha metido en la cabeza la locura de abrir una librería.

Tras una larga conversación con ella, hemos acordado dividir el cargo de ayudante de bibliotecario en dos. Mi sobrina opina que hay demasiado trabajo para cargárselo solo a una persona, y que ese es el motivo por el que muchos han renunciado al puesto anteriormente.

De todos modos, por mi parte, sigo atribuyéndole tales renuncias a usted, señor Reed. Eso también favorece la decisión de dividir el trabajo en dos puestos laborales: así los pobres caballeros podrán aguantar mejor sus malos hábitos.

Se llaman señor Danny Brown, licenciado en Literatura, y señor Hans Stern, licenciado en Administración. Empezarán en su puesto el 1 de octubre.

*21 de septiembre de 1891*

Estimado señor Reed:

Sin duda, ya estará al corriente de que mi sobrina, la señorita Crumb, ha dejado el puesto de ayudante de bibliotecario con usted porque se le ha metido en la cabeza la locura de abrir una librería.

Tras una larga conversación con ella, hemos acordado dividir el cargo de ayudante de bibliotecario en dos. Mi sobrina opina que hay demasiado trabajo para cargárselo solo a una persona, y que ese es el motivo por el que muchos han renunciado al puesto anteriormente.

De todos modos, por mi parte, sigo atribuyéndole tales renuncias a usted, señor Reed. Eso también favorece la decisión de dividir el trabajo en dos puestos laborales: así los pobres caballeros podrán aguantar mejor sus malos hábitos.

Se llaman señor Danny Brown, licenciado en Literatura, y señor Hans Stern, licenciado en Administración. Empezarán en su puesto el 1 de octubre.

La señorita Crumb los ha elegido personalmente, así que, si tiene quejas o dejan su trabajo al poco tiempo, como parece que a usted le gusta tanto, póngase en contacto con mi sobrina, su prometida. Ella le dirá encantada por qué no debe hacerlo.

Además, la señorita Crumb ha propuesto prolongar su servicio una semana para enseñar a dichos caballeros y así causarle menos molestias. De este modo, se garantiza un traspaso sin problemas.

Tengo muy claro que mi opinión le importa poco, pero, aun así, quiero aprovechar la ocasión para decirle por carta que no comprendo en absoluto que mi sobrina le haya elegido a usted. Es lista, orgullosa, fantástica, y tiene una soltura social a la que usted jamás se acercará. No está a su altura, y le aconsejo que la haga feliz o me ocuparé personalmente de hundirlo.

Atentamente,

Alfred Crumb
Dirección de la Universidad,
Departamento de Personal

# Alfred y Lillian Crumb

Por supuesto, era imposible que Animant viajara sola a Londres. Era lógico que tuviera que ir a casa de unos parientes. El tío Alfred formaba parte de la historia desde la primera página, y lo quiero mucho. Es el típico tío que cuenta historias increíbles de todo el mundo, que en Navidad hace los regalos más extravagantes y que te da caramelos a escondidas antes de comer.

Sin su visita, Animant jamás habría salido de su buhardilla.

Como siempre me había gustado la idea de un hombretón barbudo con una esposa menuda y delicada, Alfred Crumb necesitaba un contrario alegre.

Sin embargo, su mujer Lillian fue otro personaje sorpresa al que fui conociendo a medida que escribía. Evolucionó mientras escribía y pasó de ser un apéndice de Alfred a convertirse en un gran apoyo para Animant. Es la persona de confianza a la que puede acudir cuando discute con su madre, así como la que le aporta seguridad para mantenerse firme en sus convicciones.

# Realidad y ficción

A catorce kilómetros se oyen las campanas del reloj de la torre del palacio de Westminster, en Londres. Porque el Big Ben no es la torre, sino una de las campanas.

Lo descubrí mientras me planteaba si Animant podía oír ese sonido en la biblioteca.

Sin embargo, hay que tener en cuenta que la biblioteca que describo en mi libro no existe en realidad. Es una mezcla de la Biblioteca Nacional de Viena y la biblioteca de la Universidad de Oxford.

La Royal University de Londres para la que trabaja el tío Alfred tampoco existe.

# Los hermanos Reed

- Jonathan
- James (Jimmy)
- Thomas
- Ian
- Lukas
- Tobias
- Fanny
- Finley
- Marion

# Navidad de 1891

## o cómo el señor Reed y yo nos ensuciamos las manos

## 1

Tenía la mirada clavada en las páginas del libro que sujetaba entre los fríos dedos, tensa, aunque era incapaz de concentrarme. Me sentía demasiado furiosa, y lo que más me apetecía era ordenar libros por orden alfabético en algún sitio resoplando de ira. Sin embargo, estaba condenada a la inactividad y me estaba helando en un coche que traqueteaba por una mísera carretera secundaria.

La bolsa con los libros que me había preparado se me resbaló hacia la pierna cuando el coche dio un brinco al topar con un bache. Eran demasiados libros para los pocos días que íbamos de viaje, y aun así me daba la sensación de que no podía dejar ninguno en Londres. También era porque Thomas Reed había intentado disuadirme de que me llevara la mayoría de ellos.

Según él, no había espacio suficiente en el coche, pero él se llevó un montón de libros. ¡Era increíble! Por lo menos podríamos haber acordado algunos en común, pero no, el señor había insistido en que la poesía debía tener prioridad frente a la sustanciosa literatura técnica.

—No querrás leer en Navidad sobre la guerra austriaca de sucesión de los Habsburgo —aseguró.

Puse cara de desesperación.

—María Teresa es una mujer muy interesante en cualquier época del año —protesté, y cometí el error de hablar mal de Shakespeare.

Y ahí estábamos.

Sin levantar la barbilla, desvié la mirada. Thomas estaba sentado en un lado del coche; al lado tenía una bolsa de libros que no había cabido en el equipaje que viajaba en el techo del coche.

Pasó una página de su libro.

Sin embargo, enseguida noté que él tampoco tenía ganas de leer. Su mirada recorría los renglones con demasiada lentitud y no paraba de parpadear cuando tenía que volver a leer una frase para retenerla. Conocía los movimientos de su rostro, interpretaba las contracciones nerviosas porque para mí no había una imagen más hermosa que la de Thomas Reed leyendo. A veces, él lo pasaba por alto; otras contraatacaba con miradas tan elocuentes que se me sonrojaban las mejillas.

Sin embargo, ese día era distinto: las pullas que nos habíamos soltado en el calor de la discusión pesaban entre nosotros y enturbiaban mi ánimo.

Thomas suspiró y apartó el libro de poemas. Paseó una tensa mirada por encima de la montura de las gafas de lectura que se le habían deslizado por la nariz.

—¿Vamos a estar callados hasta que lleguemos? ¿Esta será la estrategia de los próximos días? —me preguntó, enfurruñado, como si todo fuera culpa mía.

Cerré el libro que tenía entre las manos haciendo ruido.

—Dímelo tú. No soy yo la que lleva semanas tan agresiva como un enjambre de abejas —contesté, y conseguí no alzar la voz innecesariamente pese a la aspereza del comentario.

Por una parte, no quería discutir; por otra, no podía dejar pasar su actitud agresiva sin decir nada.

—Si no te gustan mis cambios de humor, a lo mejor no deberías haber aceptado mi propuesta y tendrías que haberte rendido a los encantos del señor Boyle —soltó, nervioso.

Hice una mueca de burla.

—No seas ridículo, Thomas Reed. Sabes perfectamente que te quiero justo por tus cambios de humor —dije con insolencia.

Aparté la mirada para que no viera que no podía pronunciar esa frase sin que mi enfado se desvaneciera como la bruma del amanecer con el sol de la mañana.

Se hizo un momento de silencio entre nosotros; intenté apartar mis pensamientos de nuestra discusión y centrarme en el paisaje.

Por desgracia, no había mucho que ver. Árboles pelados aislados, campos en barbecho y un frío helador. El cielo estaba cubierto de nubes oscuras que no dejaban entrever lo cerca que estaba la noche, y el viento, que soplaba cada vez con más fuerza, hacía que el coche se tambaleara.

—Te echo de menos. —El tono de voz de Thomas era tan bajo que no estaba segura de si lo había dicho de verdad o si solo era fruto de mi imaginación y el ulular del viento.

—¿Perdona? —pregunté.

Lo miré y de pronto tuve la absoluta certeza de que lo había dicho. La luz del día desaparecía a toda prisa, pero, aun así, veía la expresión melancólica de sus ojos oscuros.

Respiró hondo, se hundió hacia atrás en el tapizado del asiento y se puso a dar vueltas al libro con dedos inquietos.

—Cuando aún trabajabas para mí, por lo menos te veía en la biblioteca. Pero ahora siempre estás ocupada, reunida con algún benefactor y con consejos universitarios. Consultas catálogos de libros y escribes cartas. Nunca te veo más de una hora —me reprochó.

Sacudí la cabeza con fingida calma. Desde que había empezado con los preparativos para mi librería de mujeres, apenas me quedaba un momento para tomar aliento, por no hablar de dormir o comer. Esto último era lo que más me afectaba.

El mundo no paraba de ponerme un obstáculo tras otro en el camino, solo por ser mujer. Eso me reforzaba en mi decisión de no rendirme, aunque se necesitara mucha ambición y tiempo.

La consecuencia de que mi prometido trabajara tanto como yo y siempre fuéramos a destiempo era que nos veíamos menos de lo que nos gustaría.

—Es así cuando alguien abre su propio negocio —protesté para no tener que pensar más en el tema. Me había propuesto disfrutar de los días festivos y no hacer ni lo más mínimo para el trabajo—. Pero ya te he dicho mil veces que puedes venir a cenar a casa de mi tío —añadí.

Thomas soltó un bufido.

—¡Tu tío me odia! —Se cruzó de brazos, a la defensiva.

—¿Y eso te preocupa? —lo provoqué; a menudo, me había dicho que no le importaba nada la opinión del tío Alfred.

Por mi parte, no entendía por qué se odiaban tanto, pero lo cierto es que a veces podía ser divertido..., por lo menos para la tía Lillian y para mí. Me aguantó la mirada con obstinación.

—No, pero tampoco es agradable. Sobre todo porque no me quita ojo de encima ni un segundo. Como si temiera que fuera a abalanzarme sobre ti con alevosía si no me vigilara —se lamentó, y puso cara de desesperación.

—Si estuviéramos casados, ya no lo haría —le aleccioné, y dejé en el regazo el libro que tenía en las manos—. Sobre todo porque pasaríamos las tardes leyendo delante de la chimenea de nuestro propio salón —añadí para demostrarle cuál era el problema en realidad.

Le lancé una mirada dura.

—No es culpa mía que aún no lo estemos. —Thomas se puso hecho una furia y me señaló con un dedo acusador—.

Todo es por la loca de tu madre y su irreal idea de la perfección
—maldijo.

Puse cara de enfado.

—No es ninguna exageración esperar que tu familia esté
presente en nuestra boda. Sería un escándalo que nos perse-
guiría siempre.

—¿Y eso te preocupa? —me soltó; siempre le decía que
quería dejar atrás las costumbres de los ricos.

—No, a mí no —repuse, arisca, y noté que se me inflama-
ba el orgullo—. Pero mi madre se moriría de la tristeza, y la
aprecio demasiado para hacerle eso.

—Entonces, ¿es culpa mía? —preguntó, enojado, como si
lo que le había dicho estuviera completamente fuera de lugar,
aunque era evidente.

—Thomas Reed. No es pedir demasiado que tengas una
conversación tranquila con tu padre en la que intentéis dejar
a un lado los prejuicios que tenéis el uno con el otro —le reprendí.

—¿Cómo sabes que son solo prejuicios? —exclamó a la
defensiva, como si yo no pudiera tener ni idea.

Me crispé.

—Lo sé por tus hermanas —le solté, y vi con satisfacción
que la expresión inmutable de su rostro se desmoronaba—.
Les he escrito —anuncié con tono triunfal.

Thomas entornó los ojos hasta que solo quedaron unas
ranuras de ellos.

—¿Cuándo? —preguntó con rencor.

La ira fue más intensa de lo que esperaba. Mi seguridad se
tambaleó.

—La primera vez fue en verano —confesé, y tuve que esforzarme por mantener el tono firme.

Pareció aún más desconcertado.

—No querías hablar conmigo del tema. ¿Cómo iba a acla-
rarme, si no? —me defendí con vehemencia.

149

Alcé las manos al aire en un gesto impotente.

—De ninguna manera, Animant. ¡Eres la persona más curiosa que ha dado la nobleza británica! —me regañó.

Puse los ojos en blanco. Al fin y al cabo, aquello no era nada nuevo. No podía engañarme, ya sabía dónde se metía si no satisfacía mi innata curiosidad.

—¿Es un complot? —masculló con aspereza.

Una ráfaga de viento hizo que el coche volviera a tambalearse.

—Thomas… —empecé en tono conciliador, pero me interrumpió.

—¿De verdad fue idea de mi madre invitarnos por Navidad, o fue cosa tuya? —preguntó, serio.

Por un instante, apareció algo en sus rasgos, algo que pasó por su rostro como una sombra.

Si temía que su madre no se alegrara de verlo…, bueno, aquello no tenía sentido. Si había una cosa que su madre deseaba, era tenerlo en casa. Se lo había dicho por carta infinidad de veces.

Coqueteé con la idea de mentir a Thomas, de decirle que había sido el deseo de su madre lo que nos había llevado a estar sentados en ese coche. Así se sentiría mejor.

Sin embargo, temí cómo pudiera reaccionar si descubría aquella mentira, y seguro que lo haría, pues Thomas Reed tenía un sexto sentido para notar cuando intentaba colarle medias verdades. Y entonces insistiría hasta sonsacarme la verdad.

En realidad, él no era mejor que yo en cuanto a los secretos de los demás, pero nuestros métodos eran distintos.

—Solo porque probablemente haya sido idea de otra persona no significa que no lo deseara —le aseguré.

Thomas estaba a punto de explotar. Cerró su libro de un golpe y lo tiró a la bolsa que tenía al lado.

—¡No puede ser verdad! —exclamó, perplejo, y se tiró del pelo, nervioso—. ¡Me vas a volver loco!

Intenté mirarlo a los ojos y no dejarme llevar por la rabia que hervía en mi interior.

—Solo le he dicho que haría todo lo posible para que hicieras esta visita y... —me defendí.

Thomas abrió los ojos como platos.

—Entonces, ¿también te escribes con mi madre? —exclamó en tono acusador.

Cerré un momento los ojos para no dejarme llevar también por la ira.

—Si no te gusta que intervenga para hacerte feliz, a lo mejor no deberías haberme propuesto matrimonio —repliqué, y le lancé una mirada tan penetrante que vi que se planteaba si quería contestar.

En ese momento, el coche se detuvo con brusquedad.

Se me resbaló el libro del regazo cuando intenté que el fuerte bandazo no me lanzara hacia delante, presionando las manos contra las paredes del coche.

Thomas, con cara de susto, había estirado los brazos hacia mí para atraparme si era necesario; aunque estaba realmente furiosa con él, tuve que reprimir una pequeña sonrisa ante un gesto tan caballeroso.

—Hemos llegado, señores —anunció el cochero.

Desvié la mirada hacia la ventana.

Fuera vi una granja grande y un edificio de piedra gris que se alzaba oscuro en el paisaje nevado. Las ventanas, en cambio, estaban iluminadas, decoradas con hojas de abeto y llamas titilantes de velas.

En la puerta costaba reconocer las letras negras sobre el cartel blanco medio oculto por la nieve. «CARNICERÍA REED», decía. Me invadió una emoción salvaje que me hizo sentir un hormigueo hasta en las heladas puntas de los dedos.

Thomas tomó airé y suspiró. Se inclinó y recogió el libro, del cual ya me había olvidado. Me lo dio y nuestras miradas se encontraron en la oscuridad del interior del coche.

151

Noté que su estado de ánimo había cambiado. Si hacía un momento estaba furioso conmigo y mi curiosidad, ahora solo veía una inseguridad que rara vez dejaba entrever.

Desde la última vez que había estado en casa de sus padres, habían pasado años. Desde la pelea con su padre, que luego lo echó.

Había dado por hecho que era su orgullo lo que lo mantenía alejado de aquel lugar, pero, por lo visto, había algo más: un miedo a que lo rechazaran de nuevo, un sentimiento que había descartado en un hombre tan seguro como él.

Cogí el libro despacio y le acaricié con suavidad el dorso de la mano. A diferencia de mis dedos, irradiaba un calor sorprendente. Deseé no haber malgastado con peleas el tiempo que habíamos pasado junto en el coche.

Thomas abrió la boca para decir algo, pero yo sacudí la cabeza y me adelanté.

—Estoy contigo —dije.

Me incliné hacia delante y le di un beso fugaz en la mejilla. Noté esa sensación de mariposas en el estómago que me invadía cuando nos acercábamos, que por decoro era muy pocas veces.

Otro motivo para casarse de una vez.

Thomas abrió la puerta antes de que lo hiciera el señor Smith, el cochero de mi tío. Me ofreció la mano para bajar. El viento soplaba tan gélido que empecé a temblar y me pregunté por qué no me había puesto los guantes.

—¿No quiere que avise de su llegada? —dijo el señor Smith por encima de la incipiente tormenta.

Thomas declinó la oferta.

—¡Claro que no! —contestó—. Mejor ayúdenos con el equipaje. De lo contrario, no podrá volver a la ciudad antes de que empiece a nevar.

Me arrimé mucho a su lado para esconderme en el lado protegido del viento. El aire frío me agitaba la falda; estuvo a punto de arrancarme el sombrero de la cabeza; el aire olía a nieve.

—No se preocupe por mí, señor —contestó el señor Smith con modestia, pero se retiró hacia atrás en el pescante del coche para desatar la correa del techo.

Mientras Thomas cogía el equipaje y lo dejaba en el suelo, volví a subir al coche, cerré con cuidado las bolsas de libros y las saqué del interior del coche.

¿En qué estábamos pensando cuando nos habíamos llevado tantos libros?

Volví a bajar los peldaños tambaleándome hasta la piedra lisa de la granja y enseguida me resbalé. Solté un grito ahogado e intenté a la desesperada mantener el equilibrio; el miedo me recorrió las extremidades.

Una mano fuerte me agarró del brazo, volvió a ponerme en pie y me sostuvo erguida.

Cuando iba a sonreír agradecida a Thomas, me vi mirando al rostro de otra persona. Molesta, parpadeé cuando lo reconocí en la penumbra.

—Bienvenida, señorita Crumb —me saludó Jonathan Reed, el hermano mayor de Thomas.

Tardé un momento en recobrar la compostura y lograr que el latido de mi corazón se calmara.

—Yo la ayudo —dijo antes de que pudiera contestar.

Agarró las dos bolsas de libros. Soltó un bufido de sorpresa cuando las dejé ir y notó aquel peso.

—¿Qué hay ahí dentro? ¿Piedras? —bromeó.

Me encogí de hombros, temblorosa.

—Libros —contesté con una sonrisa inocente.

Jonathan soltó una carcajada.

—No sé en qué estaba pensando cuando he preguntado.

—Yo tampoco —gruñó Thomas, que lanzó una mirada dura a su hermano mientras cogía una última caja que el señor Smith le daba desde el techo.

—La recogeré dentro de cuatro días. Adiós, señores —se despidió el señor Smith, que amagó una reverencia y volvió a tomar las riendas.

Los caballos se pusieron en marcha, trotaron por el gran patio y devolvieron el coche a la carretera.

El viento soplaba libremente y nos arrojaba un aire frío, cortante; silbaba alrededor de los edificios y los abedules pelados, y nos empujó cuando llevamos las maletas, bolsas y cajas a la casa.

Thomas me guio a paso ligero hasta la puerta, protegida por una marquesina cubierta de nieve y decorada con una guirnalda. Jonathan bajó el pomo con el codo y nos dejó pasar a un pasillo cálido e iluminado.

—¡Thommy, por fin has llegado! —exclamó una voz grave.

Tuve que dejar las dos cajas sobre una cómoda para poder observar al hombre que teníamos delante. Era Lucas, con una sonrisa de oreja a oreja en su rostro redondo.

—Ah, y la señorita —añadió con alegría al verme detrás de Thomas—. Bienvenida a la casa Reed, señorita Crumb.

—Gracias. Llamadme Animant —les dije.

Asentí con gesto educado y una sonrisa en los labios.

No había pasado mucho tiempo desde la última vez que había visto a los hermanos Reed, aunque solo fuera un momento cuando estuvieron en la ciudad el mes anterior para sacar a Thomas en su encuentro mensual. Solo había estado una vez con el grupo, y no me gustaba la idea de repetir.

Thomas y su hermano mayor volvieron a salir fuera a buscar el resto del equipaje y me dejaron en el ancho pasillo con Lucas, que, por lo visto, no sabía qué decir. Hundió las manos en los bolsillos de los pantalones. Se oía un alboroto cerca. Una puerta se abrió y Jimmy y Tobias la atravesaron para salir al pasillo como si fueran dos niños que se estuvieran peleando.

—¡Animant! —exclamó alegremente Tobias, que apartó a empujones a Jimmy para llegar el primero a mi altura.

Tenía el rostro acalorado y el cabello completamente desgreñado, pero su encantadora sonrisa era perfecta.

—Por Dios, estás aún más guapa —ronroneó, y se ganó un codazo en el costado de Jimmy.

—Señorita Crumb —dijo este, escueto, y puso el brazo sobre los hombros de su hermano para apartarlo un poco de mí.

—Animant, por favor —les dije, y sonreí—. Me alegro de volver a veros.

—Ya te decía que le parecería bien que la llamáramos por su nombre —exclamó Tobias, que se zafó de su hermano con cuidado.

—Sí, pero hay que esperar a que te lo ofrezcan. ¿De quién has aprendido esos modales? —se lamentó Jimmy entre risas.

Tobias sonrió con picardía.

—Bueno, de ti —contestó.

La risa me salió sola, pero se apagó cuando al lado de la escalera me arrolló aún más gente.

—¡Animant! —exclamó Fanny, con entusiasmo.

Me la había imaginado con ese carácter. Tenía el rostro enjuto, rizos castaños y nariz puntiaguda. Estaba un poco flaca, como su hermano Thomas, pero trasmitía una elegancia que compensaba cualquier defecto. A su lado, Marion bajaba los escalones; los ojos oscuros brillaban casi como si fueran de carbón en su rostro redondo.

—Habéis llegado. Es fantástico. ¿Cómo ha ido el viaje? —preguntó la hermana mayor de Thomas, que era solo algo menor que yo.

A su lado, Marion, que aún no había perdido ese aire infantil, apenas podía callar.

—¿Sabe mamá que has llegado?

—El viaje ha sido más corto de lo que pensábamos, Fanny. Y no sé la respuesta a tu pregunta, Marion —contesté con calma, abrumada por la cantidad de gente y la atención que me dedicaban.

Sin embargo, aunque por lo general no me gustaban las multitudes, el ambiente acogedor en el pasillo, con tanta gente alegre, daba una cálida sensación de familia. Distinta a la mía; aun así, la sensación de ser bienvenida me llegó directa al corazón.

—Ah, ¿y a las chicas no las riñes por usar directamente el nombre? —bromeó Tobias, y Jimmy le dio un pescozón.

—Eres un bobo, Tobi —dijo entre risas.

La puerta se volvió a abrir y entraron Thomas y Jonathan. Un viento fuerte arrastró unos cuantos copos de nieve por la puerta.

Con cara de pocos amigos, mi prometido dejó la maleta y permitió que Marion lo abrazara antes de sacudirse la nieve del pelo. Parecía reservado y tenso, pero estaba convencida de que se alegraba de volver a estar en casa.

Me ayudó a quitarme el abrigo como marcaban los cánones y lo colgó en un gancho libre que había en la pared.

Pero pronto se le heló la expresión de la cara y se paró en pleno movimiento de desabrocharse el abrigo. Giré la cabeza para seguir su mirada y vi a una mujer delgada en el marco de la puerta, junto a nosotros. Era mayor de lo que esperaba, con el pelo canoso y recogido en un peinado sencillo.

Ann Reed, la madre de Thomas. Era imposible confundirse, el parecido era innegable.

—Thomas —dijo, incrédula, como temiendo que se fuera a desvanecer en el aire en cualquier momento.

Contuve la respiración, miré a uno y a otro y esperé atenta una reacción. A medida que pasaban los segundos, los hombros se me tensaban más y más.

El aire estaba cargado de todo un mundo de sentimientos no expresados. No podía ni imaginar qué debían de sentir Thomas o ella. Hacía casi siete años que no se veían.

Levanté la mano, vacilante, y la posé en el brazo de Thomas para animarlo. Nunca se había peleado con su madre. Era un asunto entre él y su padre. Nadie más. Ella era solo víctima de la situación.

¿Nos habría pasado lo mismo si mi padre no hubiera aprobado la boda de Henry con Rachel? ¿Henry se habría ido para no volver a verlo hasta siete años después? Me estremecí al pensarlo.

—Madre —saludó, y se rompió el hechizo.

La señora Reed se abalanzó sobre él: jamás habría pensado que una mujer tan delgada pudiera abrazar con tanta fuerza.

—Mi niño —susurró.

Por un instante, creí que se había echado a llorar.

Sin embargo, se recompuso con bastante rapidez, retrocedió un paso sin soltarlo y lo observó con detenimiento de arriba abajo. De pronto, se echó a reír.

—Tenéis razón —les dijo a los demás, que también habían enmudecido y contemplaban la escena—. Está exactamente igual que Ian.

Los demás se rieron. No entendí la broma, pero también sonreí. Me quité un peso de encima y me alegré de presenciar aquel feliz reencuentro.

Ahora seguro que mi prometido no me reprocharía haber instigado aquel regreso.

De repente, la señora Reed notó mi presencia y me dedicó una sonrisa tan cálida que tuve que esforzarme para no agachar la mirada, cohibida.

—Animant Crumb —pronunció mi nombre antes de que Thomas pudiera presentarme.

Asentí con educación, aunque caí en la cuenta demasiado tarde de lo inadecuado que podía parecer en esa casa.

Sin embargo, la señora Reed se abstuvo de hacer algún comentario.

—Eres mucho más guapa que en mis sueños —murmuró, y estiró la mano hacia mi cara sin tocarla—. Has traído a una chica encantadora —le dijo a Thomas.

Por lo general, se me daba muy bien disimular mi vergüenza, decir algo ingenioso para distraer. Sin embargo, delante de mi futura suegra, se me secó la boca y las mejillas se me encendieron tanto que noté el calor hasta en la punta de los pelos.

—Pero, bueno, ¿qué hacemos aquí pasmados? Bienvenida a la casa Reed, señorita Crumb. Nos alegramos de que nos honres con tu presencia.

La señora Reed me agarró las manos y las apretó con suavidad. Tenía los dedos calientes y ásperos de trabajar en la tierra.

—El honor es mío —dije, y me propuse recobrar la compostura enseguida. Hacía mucho tiempo que no me sentía tan desvalida.

—Fantástico —respondió—. Fanny te enseñará la habitación para que te asees si lo necesitas. Luego podéis venir todos a comer. Tenéis hambre, ¿no?

Como si le hubieran dado pie, mi estómago empezó a rugir. Thomas me lanzó una mirada tan inequívocamente divertida que le di un codazo en el costado con disimulo.

—No te atrevas, Thomas Reed —masculló, y él procuró reprimir su carcajada.

# 2

Fanny me explicó que dormiría con Marion y ella en la habitación. A mí me tocó una cama para mí sola, mientras que las dos hermanas compartían la otra. Aunque me resultara incómodo quitarles el lugar para dormir de esa manera, vi alegría en sus ojos, por lo que no dije nada.

Además, contaba con una pequeña compensación.

La habitación no era grande, pero estaba decorada con mucho cariño. Saltaba a la vista que a las dos chicas les gustaba pintar muebles, para lo que tenían cierto talento. En todas las superficies aparecían florecillas y zarcillos que rodeaban las patas de la cama y de la mesa del rincón.

—En vuestra carta me pedíais descripciones de la moda actual, pero por desgracia debo confesaros que no tengo ni idea del tema —anuncié después de admirar las pinturas y volverme hacia las dos cajas redondas que había sobre la mesa.

—No pasa nada, Animant —me aseguró Fanny, aunque vi con claridad la decepción reflejada en los rasgos de Marion.

Sonreí con picardía.

—Por eso le pedí información a mi cuñada, que tiene muy buen olfato para la moda, y le dejé escoger los regalos para vosotras —expliqué, y le di la primera caja a Marion, a la que se le estaban a punto de caer los ojos de las cuencas de la sorpresa.

—Pero no hacía falta —susurró Fanny, que cogió con muchas más dudas el regalo que su hermana.

—Claro que sí, es Navidad —contesté, y me encogí de hombros con soltura—. Además, tengo que hacerme querer por vosotras —añadí, divertida.

Marion se rio. Fanny no.

Mientras ambas abrían los lazos, me dejé caer con cuidado en la cama. Me dolía la espalda por los trompicones que me

159

había dado durante el viaje y me invadió una pequeña ola de cansancio.

Sin embargo, el grito de euforia de Marion me despertó enseguida. Con la boca en forma de O por el entusiasmo y con sumo cuidado, sacó el sombrero plano, de color azul marino y con flores, de la caja.

—¡Es maravilloso! —exclamó, y corrió hacia el espejo que había encima de la cómoda para mirarse con el sombrero puesto.

Le quedaba más que estupendo. No era demasiado pomposo, pero sí lo bastante elegante para ver que se trataba de algo especial.

Había sido una suerte que Rachel encontrara tiempo para mí. Sin su delicado sentido para la belleza y el detalle, habría estado perdida.

Fanny sostenía su sombrero en las manos como si no supiera qué hacer con él. También era plano, como correspondía a la moda del momento, con un corte un poco más de adulta y decorado con un accesorio de color crema y unas cuantas plumas. Era algo que yo jamás llevaría, pero que solía considerarse muy adecuado.

—¿Ha sido muy caro? —preguntó Fanny en voz baja, y dudó si sentarse a mi lado.

Me aparté para invitarla a hacerlo, dejándole sitio.

—Me temo que no puedo contestar a tu pregunta —dije entre risas.

Fanny me miró asombrada. Tenía los ojos mucho más claros que los de su hermana.

—Si no lo fue, quedaré como una tacaña. Si lo fue, me temo que no querrás aceptar el regalo. Así que me callo el precio. ¿No te gusta?

¿Me había equivocado con el regalo?

—Es fantástico —repitió Marion por segunda vez, y no paraba de dar vueltas delante del espejo.

—Es realmente maravilloso. Demasiado bonito para mí —confesó Fanny.

Y hasta yo, con mi escasa capacidad para la empatía, pude comprender cuál era el verdadero problema: Fanny se consideraba poco atractiva.

De pronto me puse rígida, solo con pensar que tenía que decir algo para animarla. Seguro que mi madre habría dicho la frase perfecta, y tuve que pensar un poco para imaginar qué haría ella en ese momento.

Le quité el sombrero a Fanny de las manos con cuidado y se lo puse sobre el cabello oscuro.

—Al contrario, querida Fanny —solté, y disimulé mi inseguridad tras una sonrisa pícara—. Un simple sombrero no está a la altura de tu elegancia.

Contuve la respiración, esperé a su reacción y respiré aliviada cuando sonrió avergonzada. Se le tiñeron las mejillas de un color rosa suave y se levantó con decisión para observarse con el sombrero frente al espejo.

Fanny me ayudó a deshacer la maleta. Aunque Marion también participó con energía, era más un estorbo que una ayuda.

Me costaba comentar todos los halagos que dedicó a las preciosas telas, así que me callé, como Fanny, que no me quitaba ojo de encima a escondidas.

Estar allí me provocaba una sensación extraña. Era la familia de Thomas y quería gustarles, aunque no solía importarme mucho la opinión que los demás tuvieran de mí. Sin embargo, en ese momento sí me importaba y no sabía qué hacer porque la mayoría de ellos eran unos desconocidos. No me atrevía a ser yo misma, pero tampoco sabía cómo ser de otra manera.

El estómago me rugió aún más fuerte cuando al bajar la escalera noté en la nariz el olor a carne asada. Me había aseado la cara, había cogido el regalo para la anfitriona y había dejado que Marion siguiera admirando mis vestidos. Fanny se quedó con ella. Supuse que para controlar que su hermana no manchara las telas o se pusiera uno de los vestidos.

¿Cómo sería tener hermanas? No podía imaginarlo, pero enseguida supe que preferiría a Fanny que a Marion.

En el pie de la escalera salí de mis pensamientos cuando me vi frente a un hombre alto de complexión ancha. Me llevé un buen susto. Se quitó la chaqueta de piel con un bufido y se sacudió la nieve de una barba oscura y salvaje.

Me quedé petrificada, aferrada a la caja estrecha que sujetaba en las manos, cuando clavó su mirada en mí. Gideon Reed frunció el ceño en un gesto de desaprobación, igual que su hijo.

No supe qué hacer. No nos habían presentado oficialmente, pero estaba en su casa y encima era la prometida de su hijo.

Sin embargo, antes de que pudiera reaccionar, Gideon Reed soltó un fuerte bufido, colgó la chaqueta en uno de los muchos ganchos y desapareció por la puerta, que cerró de golpe.

«Fantástico», pensé con ironía, y solté un leve suspiro. Así que Thomas Reed había heredado el físico de su madre y la actitud de su padre. Pero yo no sería Animant Crumb si no consiguiera ganarme a otro Reed gruñón.

# 3

Las voces me llevaron a buscar a Thomas en la cocina. La señora Reed removía una olla al tiempo que daba instrucciones a Jimmy, que estaba sacando un ganso enorme del horno para, entre los gritos de júbilo de Tobias y Finley, dejarlo sobre la encimera.

El espacio estaba bien iluminado, el ambiente impregnado del olor a hierbas y por todas partes se oían risas y el tintineo de las ollas de latón.

—¿Dónde se ha metido Fanny? La necesito para la tabla de allí —dijo la señora Reed, que giró la cabeza hacia la puerta, donde estaba yo, aún en la sombra del pasillo.

Su sonrisa titiló un momento como una vela ante una ráfaga de aire. No esperaba verme allí.

—Sigue arriba —aclaré, como si me lo hubiera preguntado a mí, y entré en la cocina.

Indecisa, daba vueltas a la cajita entre los dedos, pues era evidente que la anfitriona estaba demasiado ocupada para recibir un regalo en ese momento.

—¿Puedo ayudar de alguna manera? —me ofrecí, aunque no lo habría hecho en ninguna otra casa.

Sin embargo, allí no quería mantenerme al margen y que me trataran como una invitada elevada. Quería participar. Pertenecer al grupo. Pero no tenía ni idea de si era oportuno.

—Es usted muy amable, señorita Crumb, pero…

—Animant —corregí a la señora Reed.

Al instante, deseé haber dejado que se excusara ella primero. Me pareció de mala educación, como si no parara de meter la pata.

Si hubiéramos estado en un baile de Navidad, por mucho que detestara esa situación, por lo menos sabría cómo comportarme y qué se esperaba de mí.

¿Thomas se sentía igual que yo cuando estuvo en casa de mis padres? Debería haber sido mucho más indulgente con él.

—Animant —la señora Reed repitió el nombre y esbozó una sonrisa traviesa; se le formaron unos hoyuelos en las mejillas. Su semblante era inescrutable y me invadió una inquietud peculiar al ver que me miraba así.

—Animant, ¿dónde te has dejado a tu prometido? —dijo Jimmy, que le dio un golpe en el dedo a Finley, que intentaba coger un pedacito de ganso.

Me encogí de hombros un tanto desamparada, agarrando todavía mi cajita de cartón con la esperanza de que el calor de mi cuerpo no derritiera el contenido.

—Voy a buscarlo —contesté, y noté que el estómago volvía a rugir, exigente. Cada vez tenía más hambre.

—Entonces te has equivocado de sitio con la cocina. A Thommy nunca lo encontrarás en un sitio como este —contestó Tobias entre risas, mientras se lanzaba una manzana roja de una mano a otra.

De pronto, una mano me rodeó la cintura y yo di un respingo del susto. Thomas apareció a mi lado de la oscuridad del pasillo y me acercó un poco a él. Se me paró el corazón un instante, pero enseguida latió con más fuerza, al ver que de pronto tenía a Thomas Reed más cerca de lo que había estado hacía semanas.

—En cambio, tú siempre estás aquí —bromeó él, en referencia a mi pasión por la comida.

Hice un gesto nervioso para no desvelar lo mucho que me alteraba su proximidad.

En casa de mi tío habría sido impensable un gesto así.

Por desgracia, podían contarse con los dedos de una mano las pocas veces que habíamos estado solos durante las últimas semanas para intercambiar carantoñas. Solo eran momentos robados para despedirse en un pasillo a oscuras o en el despacho de Thomas en la biblioteca, donde nos interrumpió el señor Stern, que entraba sin avisar.

Allí nadie parecía molestarse porque posara la mano en mi cintura. Sus hermanos no se dieron cuenta, y la señora Reed disimuló una sonrisa clandestina en las comisuras de los labios cuando alzó la vista un momento de la olla.

Dejamos sitio cuando Jimmy y Tobias trajeron hasta el comedor el ganso, uniendo fuerzas, y lo dejaron en medio de una mesa larga, bien decorada con hojas de abeto, muérdago y velas.

Fanny ya estaba allí y encendió las mechas de las elegantes velas de cera largas. Era distinto que en casa, donde el brillo plateado de las cintas y la decoración navideña lo invadía todo. Era más sencillo, pero de una opulencia tan cálida que al ver la mesa navideña se apoderó de mí una emoción que no sentía desde que era una niña.

—Está espectacular —dije más fuerte de lo que pretendía.

Fanny alzó la vista, se sonrojó y puso bien otra rama envuelta en una cinta de seda roja.

—En vuestra casa, ¿era así la Navidad? —le pregunté a Thomas en voz baja cuando me empujó hacia la sala para que su madre pudiera entrar con una sopera humeante.

—De momento, nadie se ha peleado, así que no —contestó él.

Yo lo miré sorprendida.

Tenía los labios apretados; la postura, rígida, y la mirada inquieta. Desde que el coche se había parado en la granja, tenía los hombros tensos y se mostraba parco en palabras.

Temía el encuentro con su padre. Sin duda, le plantaría cara, pero justo ese era el problema. Dos testarudos que no querían ceder en su postura.

Marion también apareció con una bandeja con patatas y carne de ternera en las manos; al poco tiempo, la voz de la señora Reed resonó por toda la casa cuando los llamó a todos.

Mareada por todos esos ricos olores, tomé asiento en el lugar que me habían asignado al lado de Thomas, dejé mi regalo para la anfitriona junto al plato y me armé de paciencia, en tensión.

Estaba nerviosa y se me contagió la tensión de Thomas. Otro motivo para comer algo de una vez.

Fanny se sentó al otro lado y yo respiré aliviada.

Para mí era más que sorprendente cómo se sentaban a la mesa los miembros de la familia. No parecía importar quién se sentara primero, y la selección del sitio no seguía ninguna norma de etiqueta que yo pudiera reconocer.

Jimmy, el segundo por edad, se sentó al lado de Finley; Lucas, al lado de su madre; y enfrente de mí quedaban tres sillas libres. Todos habían tomado asiento antes de que Gideon Reed hubiera entrado siquiera en el salón.

Disimulando mi sorpresa, me limité a sonreír a los presentes y luego vi que, además del señor de la casa, faltaba Ian. Hasta entonces ni siquiera lo había visto.

—¿Dónde está Ian? —le pregunté a Fanny.

Ella se encogió de hombros

Jonathan, en la cabecera de la mesa, justo al lado de Thomas, echó un vistazo al reloj que había en la repisa de la estufa de cerámica.

—Hace tiempo que quería estar aquí y traer a las mujeres. Probablemente, Imogen tardaba demasiado otra vez con el pelo —explicó.

Los demás se limitaron a asentir.

Cuando iba a preguntarle a Thomas de quién hablaban, se me adelantó.

—Imogen es la mujer de Jonathan —me aclaró.

Abrí los ojos de par en par. No sabía que Jonathan estuviera casado. Sin embargo, en ese mismo instante, me pregunté por qué siempre había dado por hecho que no lo estaba.

Pero ¿no había hablado de mujeres en plural?

En ese momento, en el pasillo se oyó el chirrido de la puerta y unos pasos.

—Ah, ya han llegado —dijo la señora Reed, que deslizó el cucharón en la salsera que había ido a buscar rápido a la cocina.

—¡Señor Reed, la comida está servida y los niños están todos en casa! ¡Levanta de la butaca y ven! —Alzó la voz hacia la puerta, que daba a un salón, y sonrió con tantas ganas hacia mí que yo también sonreí sin querer: tenía a todos sus niños en casa.

Thomas buscó a tientas mi mano por debajo de la mesa. Tenía los dedos helados y sudados, algo muy poco propio de él, y yo los apreté para darle mi apoyo.

Dos mujeres jóvenes entraron en el comedor, seguidas de Ian, que aún se estaba quitando la humedad de la nieve de la cara.

—Hay ventisca. Se avecina una tormenta. Podría haberme ahorrado los esfuerzos con el peinado —dijo una de las dos mujeres, bajita y rechoncha, con un recogido alto rubio un poco desgreñado, se inclinó hacia Jonathan y le plantó un beso en la boca delante de todos.

Aparté la vista un momento, demasiado sorprendida para saber qué pensar. A ninguno pareció molestarle, tampoco a la señora Reed, que sin duda lo había visto. Saludó a Ian y a la otra mujer joven con una sonrisa amable y un abrazo.

De pronto, las celebraciones navideñas en mi casa me parecían muy rígidas. ¿O era que allí eran demasiado informales?

Thomas empezó a acariciarme el dorso de la mano con el pulgar para acabar de dar forma al caos que sentía en mi cabeza, porque encima ahora sentía un cosquilleo en el estómago que me nublaba la mente.

—Eileen, el vestido te sienta de maravilla —le dijo Marion a la mujer que estaba al lado de Ian.

Ella se lo agradeció con una sonrisa mientras dejaba que la guiara hasta la mesa.

Eileen. El nombre evocó un recuerdo difuso de una tarde en una tasca con demasiado alcohol en mi vaso. Ian había tenido que confesar bajo presión cuál era la chica que le había robado el corazón. Y había sido ella.

Sentí la necesidad de ponerme en pie y presentarme, pero en ese momento la puerta del salón se abrió con un crujido y la figura robusta de Gideon Reed entró en la estancia.

Repasó al grupo con una mirada arisca, la posó un segundo de más en Thomas y luego se dirigió a la mesa.

Se sentó a la cabecera sin decir palabra. Fue como una señal silenciosa para los demás, que ya estaban preparados en sus sitios.

—La Navidad —dijo en voz alta, y la agradable voz de bajo llenó la estancia sin esfuerzo—. Una celebración llena de milagros, pero también de rarezas —prosiguió. De nuevo posó la mirada en Thomas, que estaba a punto de destrozarme la mano bajo la mesa—. Fuera se levanta una tormenta de nieve, aquí ni siquiera tiembla la luz de las velas. La familia se reúne y hasta el repudiado se atreve a volver a casa, sabiendo que…

Sentí una puñalada en el corazón y me estremecí, aunque no hablara de mí.

—Gideon —masculló Ann, pero él no le prestó atención.

—Sabiendo que en Navidad nadie pude volver a ponerlo de patitas en la calle —añadió.

Frunció el entrecejo, furioso, y soltó un bufido en el silencio que solo llenaban el tictac del reloj y los ruidos de la tormenta fuera.

—Yo también me alegro de verte —dijo Thomas con aspereza y sarcasmo, aunque no esperaba que se atreviera a contestar.

Sin embargo, la autoridad de su padre no parecía afectarle tanto como a los demás. Ann Reed se levantó de la silla, vacilante, y dio una palmada para distraernos de las duras palabras de su marido.

—Me alegro de veros hoy a todos aquí, estoy encantada de que volvamos a estar todos juntos. También quiero dar la bienvenida a las nuevas incorporaciones de nuestra familia. —Sonrió a Eileen, que estaba sentada enfrente de mí—. Es fantástico que pases la Nochebuena con nosotros, Eileen. Dale recuerdos a tu madre mañana. —Luego me miró. Gideon Reed gruñó algo antes de que hablara—. Y a Animant Crumb, la prometida de Thomas. Gracias por estar aquí y haber traído a mi hijo.

Su sonrisa se tambaleó y parpadeó demasiado, como si quisiera reprimir las lágrimas; luego volvió a sentarse a toda prisa.

Era el momento en que debería darle mi regalo a la anfitriona, pero no me pareció oportuno.

Gideon Reed bendijo la mesa y por fin empezamos a comer.

La tensión en el ambiente se desvaneció y todos charlaron y rieron.

Me pasaron la carne y las patatas, sopa y salsa, pan y todo tipo de pasteles, así que me costó decidirme qué probar primero. No había servicio que ofreciera la comida, así que me vi desbordada por tener que hacerlo yo misma. Sin embargo, no tardé mucho en acostumbrarme al ritmo de los demás.

Cuando me llevé a la boca el primer tenedor lleno de comida, se me derritió el estómago del entusiasmo cuando se extendió todo el sabor a hierba, a mantequilla y a ganso en la lengua.

Solté un suspiro de satisfacción, mastiqué y noté la sonrisa divertida de Thomas mientras me observaba.

Aunque se riera de mí, era agradable ver que las duras palabras de su padre no lo habían afectado tanto como para estropearle el ánimo.

—Está rico, ¿eh? —comprobó.

Asentí con entusiasmo.

—Está delicioso. Creo que me voy a mudar aquí —le contesté.

Aunque todos estaban hablando a voz en grito, las conversaciones enmudecieron justo en ese momento, cuando todos empezaron a comer. Habían oído con claridad mis palabras y la señora Reed se rio.

Me dio tanta vergüenza llamar la atención de esa manera que desee que la tierra me tragara. Dios mío, ¿cuántos errores se podían cometer en una sola noche?

—Me lo tomo como un cumplido —comentó la señora Reed, y se puso a comer ella.

Thomas calló y escuchó las conversaciones de los demás. Al cabo de un rato, superando mi bochorno, volví a atreverme a hacer preguntas para saciar mi curiosidad.

Me enteré de que Ian y Eileen se habían casado en verano y de que, igual que Jonathan y su mujer, Imogen, vivían en su propia casa en el terreno de la granja. Eileen era la hija de un fruticultor cuyo terreno estaba hacia el este, junto a los pastos de los Reed.

—¿Y tú, Animant? ¿Eres de Londres? —me preguntó, y se apartó de la frente un mechón de pelo negro que se le había soltado de la gruesa trenza.

—Soy de un pueblecito cerca de Bath. Pero ahora mismo vivo en casa de mi tío en Londres —aclaré mientras cortaba mi trozo de ganso en pedazos del tamaño de un bocado.

Eileen dejó los cubiertos y me observó como si intentara evaluarme.

—Perdona la pregunta, pero por mucho que lo intente no imagino cómo es vivir en la ciudad. ¿Qué hace ahí la gente todo el día? —preguntó al final, y se ganó la mirada de asombro de Imogen, que consideró la pregunta más bien impertinente.

Sin embargo, yo me llevé una alegría porque Eileen parecía ser una mente despierta. A diferencia de Elisa, cuyas palabras podían ser afiladas como un cuchillo…, o como un terrón de azúcar en una taza de café, que se deshacía poco a poco e invadía todo el brebaje con su dulzura.

—Qué va a hacer ella ahí —soltó de pronto Gideon Reed, y comprobé con asombro que, por lo visto, seguía la conversación.

—Animant trabajaba de ayudante de bibliotecario en mi biblioteca —contestó Thomas más fuerte de lo que debería, como si quisiera asegurarse de que su padre también lo oía—. Ahora mismo está haciendo los preparativos para abrir una librería —continuó.

El orgullo que trasmitía su voz desató en mí una ola de felicidad. Estaba presumiendo de mí y de mis osados planes. Eso era algo nuevo en mi vida.

—¿Una librería? —dijo Ian, sorprendido.

No le había oído decir una sola palabra en toda la noche; las demás conversaciones se interrumpieron cuando todos los presentes centraron su atención en nosotros.

—Es increíble —dijo Eileen, muy contenta.

Sin embargo, Imogen arrugó la nariz en un gesto muy elocuente.

—Increíblemente ridículo —añadió ella, aunque Eileen no lo decía en ese sentido—. ¿No te casas? ¿Cómo quieres tener tiempo para tus hijos con una librería? —preguntó muy desafortunadamente.

—Es una librería para mujeres —aclaré sin contestarle directamente—. En las librerías, la mayoría de libros están escritos para hombres porque no se cree que el intelecto de una mujer sea capaz de entender esos libros. Pero eso significa también que la mujer común tampoco se atreve a tener siquiera en las manos uno de esos libros, sea lo bastante lista para entenderlo o no.

El rostro de Eileen parecía que se iba a iluminar cuando escuchó mi afirmación y se olvidó incluso de comer.

—Me gustaría sortear esa dificultad destacando que todo el catálogo es para mujeres —concluí.

Noté una oleada de euforia en todo mi cuerpo, como siempre que explicaba a alguien mi nuevo sueño.

—Ya tengo algunos socios. Por ejemplo, la Victoria University for Women. Las estudiantes pueden comprar libros a precios asequibles o intercambiarlos a través de la librería con otras interesadas.

—Sí que se aburren los ricos —se burló Gideon Reed, interrumpiéndome de golpe.

Parpadeé perpleja, esperaba haber oído mal.

El reproche de Imogen carecía de importancia para mí, pero afirmar que lo hacía por aburrimiento, para tirar dinero por la ventana, era una insolencia.

—¿Disculpe? —dije con aspereza.

Me di cuenta demasiado tarde de que hubiera sido mejor cerrar el pico. A fin de cuentas, quería gustar a Gideon Reed y no ser otro obstáculo en el camino para la reconciliación con su hijo.

Pero ya notaba la ira en la lengua.

—Una librería. —Ese hombre barbudo y huraño arrastró la palabra como si fuera fruta podrida—. ¿Hay algo que sea una mayor pérdida de tiempo? Los libros ni siquiera se pueden comer —me reprochó.

De haber ocurrido un año antes, no habría dicho esta boca es mía ante una ofensa como esa. Sin embargo, no era un año antes, y había aprendido algo de mi amiga Elisa.

Thomas me puso una mano en la espalda para apoyarme.

—Puede ser. Pero con una gallina en la mano no se puede cambiar el mundo —repuse, y me senté aún más erguida—. Las palabras son más afiladas que cualquier espada. Sobre todo si se es una mujer a quien nadie jamás daría una espada.

Fanny me miró con unos ojos tan abiertos que los noté sobre mí a pesar de que no la veía directamente, pues yo miraba desafiante a Gideon Reed.

# 4

Un fuerte estallido quebró el desagradable silencio antes de que pudiera imponerse como una mortaja sobre aquella escena navideña; todos nos levantamos, asustados.

Jonathan dejó a un lado los cubiertos y se limpió la barba con una servilleta antes de levantarse y salir corriendo al pasillo.

—¿Qué ha sido eso? —gritó Tobias, preocupado, mientras todos escuchaban en tensión.

Fuera la tormenta rabiaba; al otro lado de la ventana, no se veía nada más que negrura.

—¿Y si era el granero? —intervino Jimmy, pero Gideon Reed lo negó con vehemencia con la cabeza.

—Espero que no —contestó.

El viento había abierto la puerta de la casa y golpeó con fuerza contra la pared. Jimmy salió corriendo detrás de Jonathan para ayudarle a cerrar.

Todos salvo Imogen nos levantamos y nos dirigimos al pasillo, con el señor de la casa al frente.

La pelea quedó en el olvido, la comida también, y yo clavé en Thomas una mirada inquisitiva que él decidió pasar por alto en ese momento.

—¿Y si las vigas han cedido? —Jimmy siguió con sus preguntas funestas; ya estaba cogiendo su chaqueta cuando la puerta se movió y Jonathan irrumpió en el pasillo.

—¡El tejado del granero! —rugió, y una potente ventisca de nieve entró en la casa—. La masa de nieve ha aplastado las vigas podridas. ¡Se ha derrumbado!

Durante un segundo de pánico, nadie se movió; luego se desató el caos. Todos buscaron un abrigo o una chaqueta y se colocaron las bufandas en el cuello. Marion repartió un gorro a cada uno y todos salieron fuera en tromba.

Yo apenas podía comprender qué estaba pasando. Thomas también se había puesto el abrigo y había desaparecido con el resto de la familia en la oscuridad. A mi lado, Eileen se estaba poniendo la chaqueta cuando Ian gritó mi nombre:

—¡Animant! ¡Para a mi mujer! —La orden fue tan precisa que me interpuse en su camino, ya que le sacaba más de una cabeza.

—¡Déjame pasar! —me ordenó, presa del pánico.

Pero yo no pensaba hacerlo sin una explicación. Al fin y al cabo, los demás estaban todos fuera y no tenía en mucha estima a Imogen.

—¿Qué está pasando realmente? —le pregunté.

—En el tejado del granero hay una viga desmoronada. Queríamos cambiarla después de las fiestas. Si el tejado se hunde, el heno quedará mojado y enmohecido. Y luego las reses se morirán de hambre —me dijo con tal énfasis que tuve claro hasta qué punto la situación era grave.

Sentí que la sangre se me helaba en las venas. Y no solo porque nadie había vuelto a cerrar la puerta. ¡Era un desastre!

—¿Por qué no puedes salir con ellos? —pregunté.

Eileen, que antes se había abrochado el abrigo con tanta decisión, se detuvo de repente.

—Estoy embarazada —susurró, y el viento estuvo a punto de ahogar sus palabras.

Respiré hondo y tuve la sensación de que me iba a estallar la cabeza.

—Vuelve a quitarte el abrigo. ¡No vas a salir, bajo ningún concepto! —le ordené con rotundidad.

Ella torció el gesto.

—He dejado hules en el arcón a la derecha de la entrada. Probablemente, ahora los demás estarán buscando en el sitio equivocado —explicó.

Con un bufido, me puse el abrigo que colgaba solitario de un gancho en la pared.

—Voy a decírselo —me ofrecí.

Eileen dejó caer las manos de los botones del cuello.

El viento era tan fuerte y la nevada tan intensa que me costaba avanzar. El frío penetró enseguida por cada mínima ranura y me ponía la piel de gallina desde las piernas hasta la cabeza.

Encontré el camino gracias a las farolas que brillaban a lo lejos en la oscuridad, al otro lado de la granja. La nieve no me dejaba ver y la tormenta me arrancó el sombrero de la cabeza y lo hizo desaparecer en la oscuridad.

Maldiciendo en voz alta, pisoteé la nieve, que ya me llegaba a las pantorrillas, incapaz de creer que, dos o tres horas antes, al llegar, todo aquello estuviera despejado.

Casi había llegado a las luces cuando oí los gritos de los demás. La puerta estaba entornada y me colé rápido por la estrecha rendija al interior, donde no hacía viento.

—¿Animant? —dijo la señora Reed, sorprendida, cuando me sacudí la nieve del cabello y me arruiné el peinado. Pero eso me daba igual.

—Eileen dice que guardó los hules en el arcón.

Fui directa para evitar cualquier discusión. Señalé a la derecha del granero, en la sombra, donde había algunas arcas contra la pared.

—¡Gracias a Dios, Animant! —exclamó la señora Reed, que se abalanzó sobre las cajas de madera.

La seguí y eché una breve mirada a nuestro alrededor: el granero era un espacio grande con varias plantas a derecha e izquierda, todas repletas de paja. En la parte trasera, vi que el tejado estaba inclinado hacia abajo de forma preocupante. Una viga estaba partida en el medio. La nieve no paraba de arremolinarse por distintos agujeros y de distribuirse entre los hombres que trabajaban debajo.

Cuatro cargaron con un tronco muy largo y lo colocaron de tal modo que la punta sostuviera el tejado.

Me pusieron un hule en la mano.

—Ven —me indicó la señora Reed, que llamó también a Fanny y a Marion.

Juntas subimos la escalerilla que llevaba a la primera planta; no paraba de resbalarme en los travesaños por los zapatos mojados. Estaban hechos para dar largos paseos por los duros adoquines de Londres, no para escaladas nocturnas.

Después de la primera escalera, me quité a toda prisa los guantes para poder agarrarme mejor; me los guardé en el bolsillo del abrigo.

Ayudé a Fanny a desplegar los plásticos y a extenderlos sobre la paja, que estaba justo debajo de los agujeros en el techo. Aún no había caído mucha de la nieve que Marion sacaba por el borde de la plataforma con enérgicos impulsos y una pequeña pala.

Los hombres rodearon uno de los dos troncos con una cuerda gruesa y lo levantaron para que el tejado volviera a subir en un lado centímetro a centímetro.

Vi a Thomas justo al lado de su padre, los dos agarrados a la cuerda y tirando como si les fuera la vida en ello.

Probablemente, era cierto. Sin la paja, las reses no tendrían alimento en invierno. Y si las reses adelgazaban o morían, el sustento de la familia Reed corría peligro.

—Vamos a buscar más —dijo Fanny, que me tiró de la manga para que volviéramos a bajar por la escalera. Fanny se movía con la misma elegancia de siempre. Envidié su agilidad; a su lado, me sentía como un saco de patatas que no paraba de enredarse con la falda del vestido.

Los hombres dejaron el segundo tronco al otro lado de la viga rota del tejado y colocaron la cuerda.

—¡Necesitamos más gente en la cuerda! —rugió Gideon Reed en el granero.

Fanny dejó caer el plástico. Ambas acudimos corriendo, nos hicimos un hueco, pese a la indiferencia de los hombres sudorosos, y agarramos la cuerda y tiramos.

Alguien me pisó, el tronco no parecía moverse ni un pelo y enseguida me dolieron las articulaciones del húmero, pero alguien gritó algo y pudimos soltar la cuerda.

Jimmy y Lucas corrieron a buscar una escalera muy larga, mientras Finley traía una caja de herramientas. Thomas tenía el pelo desgreñado cuando apareció a mi lado, le costaba respirar. El polvo se le pegaba en la frente y le temblaban las manos por el esfuerzo, pero sonreía como hacía mucho tiempo que no hacía: estaba exultante.

—Vaya Navidad —me murmuró.

Jonathan se lo llevó a rastras para ir a buscar más objetos: tablones gruesos, dos placas largas de metal y más. Todos parecían saber exactamente qué hacer.

Lucas apartó una tina en cuyo interior brillaba una turbia capa de hielo y abrió la escalera, de manera que Jimmy pudo subir hasta el punto de la fractura.

Empezó a colocar las tablillas, a sujetarlas con cuerdas y hundió unos clavos largos en la madera.

Lucas y yo sujetamos la escalera; los demás fueron a buscar más escaleras y cerraron los agujeros que se habían abierto en el tejado con tablones.

Retrocedí instintivamente cuando algo me cayó encima desde arriba; esquivé por los pelos el martillo que rompió una capa de hielo de la tina y que se hundió en el agua salobre. Me llevé un buen susto y solté un grito cuando hubo pasado el peligro.

—Maldita sea, el martillo —maldijo Jimmy desde arriba.

Alcé la vista hacia él, furiosa.

—En la tina de la descomposición —dijo Lucas riéndose, pero no le hicimos caso.

—Se me ha resbalado —intentó disculparse Jimmy con poca clase, pero no logró decir nada más porque la viga que tenía encima tembló.

—Rápido —me gritó, y estiró la mano hacia abajo.

Me volví hacia la tina sin protestar y metí la mano en el agujero en el hielo.

El agua helada y viscosa me llegó hasta la manga y empapó el dobladillo del abrigo y el puño de la blusa. Emanó un olor repugnante, pero rebusqué a tientas el martillo, conseguí tocarlo y lo saqué. «La tina de la descomposición»: aquellas palabras resonaron en mi cabeza y lo entendí. Era asqueroso…, pero también era muy tarde para lamentarme. Así pues, limpié el martillo a toda prisa en mi abrigo y trepé por los primeros peldaños de la escalera para dárselo a Jimmy, que seguía trabajando como un loco.

Sentí que la mano se me iba a quedar congelada, pero volví a bajar. Me hice prometerme a mí misma no estar cerca la próxima vez que se rompiera un tejado.

# 5

Helados hasta los huesos, regresamos a trompicones al gran pasillo. Thomas me ayudó a quitarme rápido el abrigo, mojado y que olía que apestaba.

—¿Cómo ha pasado? —preguntó la señora Reed, perpleja, al ver la sémola negra pegada en el puño de mi blusa.

Me limité a sacudir la cabeza, cansada.

—A Jimmy se le ha caído el martillo en la tina de la descomposición y Animant lo ha sacado sin pestañear —dijo Lucas, como si fuera una hazaña, pero no lo había sido en absoluto.

—Oh, no, pobre Animant —se compadeció Fanny.

Sacudí la cabeza.

—¿Por qué tenéis esa tina en el granero? —pregunté mientras me desenrollaba la bufanda del cuello con los dedos.

—Porque nadie la quiere vaciar —intervino Tobias.

Thomas se encogió de hombros. Parecía una táctica habitual entre los Reed: dejar a un lado los problemas hasta que apestaban a más no poder que solucionarlos. Justo por esas cosas, Thomas y yo habíamos acabado en un armario.

—¿En serio? —me quejé. Estuvo a punto de escapárseme una carcajada—. Si no la limpiáis mañana, yo misma lo haré. No se puede dejar por ahí una tina apestosa. —Levanté el dedo índice cubierto de porquería en un gesto amenazador para advertir al grupo.

—Eso quiero verlo yo —se rio el mayor de los Reed.

Lo señalé directamente.

—Pues ya lo verás, Jonathan Reed. ¡Tú espera!

—Ahora basta de diversión. Subid a quitaros la ropa mojada. Solo me faltaría que alguno se enfermara por algo así.

Gideon Reed había interrumpido el buen ambiente con sus rudas palabras. Se quitó el gorro y clavó la mirada en mí. Escudriñó mi cara, donde a buen seguro había algún que otro rastro de porquería, dio media vuelta y desapareció en el pasillo.

El grupo se dispersó. La mayoría se dirigió a la escalera para subir, pero a mí me retuvieron un momento porque Ann Reed me prometió traerme una palangana con agua y un pedazo de jabón para que pudiera lavarme esa agua sucia y pestilente.

Luego subí los peldaños con los pies cansados y levanté sorprendida la cabeza cuando alguien se interpuso en mi camino.

Thomas Reed me esperaba en el extremo superior de la escalera; me desmoroné agitada hacia él.

—Estoy orgulloso de ti —me susurró.

La confianza que trasmitía su voz me dibujó una sonrisa en los labios.

—Deberías. He tocado un cubo viscoso. De haber sabido lo que había dentro, probablemente no lo habría hecho —confesé.

Thomas se rio por lo bajo.

El polvo negro dibujaba un patrón grotesco en su rostro, también parecía cansado, pero tenía la misma luz en los ojos que le había visto en el granero.

—Te ha encantado tirar de esos troncos —afirmé.

Él me agarró por la cintura con las manos.

—No tanto —replicó, y me acercó hacia sí.

Le dejé hacer, disfruté de la cálida sensación que se extendía por mi estómago y por el calor que corría por mis venas.

—Pero sí he tenido la sensación de volver a casa. No como el hombre cultivado que se ha atrevido a abandonar la granja por un montón de libros, sino como parte de la familia.

Asentí: entendía qué quería decir. Aunque Gideon Reed persistiera en seguir peleado con él, para Thomas había valido la pena volver a casa después de tanto tiempo.

—Me alegro por ti —aseguré, y lo decía en serio.

El castaño de sus ojos se veía aún más oscuro de lo normal bajo la escasa luz del pasillo; sin querer, desvié la mirada hacia sus labios.

Se me aceleró el pulso por un momento y tuve que contenerme para no agarrarle con las manos sucias los bordes del chaleco gris y atraerlo hacia mí.

Estábamos solos. Todos estaban en sus habitaciones y solo quedábamos nosotros. No había muchos momentos así.

—¿Recuerdas el día en que cayó la valija ultramarina por la cúpula? —me preguntó Thomas a media voz.

Centré mi atención en su boca.

—Sí, yo también pensé antes en eso —admití.

Levanté la barbilla para acercarme a él, que también se inclinó hacia mí, me acarició la espalda con sus largos dedos e hizo que me mareara.

—Fue un día horrible —añadí.

Recordé que me había dejado sola para dar clases a los niños y que me sentí completamente desbordada.

Al día siguiente, tuvimos nuestra primera gran discusión.

—Tienes un recuerdo muy distinto al mío —murmuró Thomas muy cerca.

Me resistí al cosquilleo que alteró todo mi cuerpo. Me apartó con cuidado un mechón de pelo mojado de la frente.

—Fue el día en que muchos libros quedaron inútiles —dije.

Thomas apoyó la frente en la mía, entre risas.

—Fue el día en que entendí quién eres —explicó con una media sonrisa, y por fin inclinó la cabeza para besarme.

Por un instante, me derretí en sus brazos: no sentía nada más que la suave presión de sus labios y el acelerado latido de mi corazón. Me encantaban sus besos, nunca tenía suficiente y enseguida perdía el juicio. Cuando me besaba, podía hacer conmigo lo que quisiera. Incluso podría haberme sacado una excursión al archivo, ese canalla.

Me llegó al oído una leve risita y Thomas interrumpió el beso. Demasiado pronto.

Miré por encima del hombro, aturdida, y vi que Fanny y Marion cerraban rápido la puerta tras de sí. Estaban observándonos.

Sin embargo, por desgracia, no solo nos observaban ellas. Al lado, junto al pie de la escalera, alguien se aclaró la garganta con vehemencia. Ambos giramos de golpe la cabeza y me llevé un buen susto al ver que el padre de Thomas nos miraba huraño con sus ojos oscuros.

Enseguida nos separamos; di un paso rápido hacia atrás. Abrí la boca para decir algo, pero la volví a cerrar porque no se me ocurría nada sensato. Thomas se irguió, se colocó bien el chaleco y sostuvo la mirada de su padre.

—Padre —dijo, sin más.

Su padre subió los últimos peldaños hasta nosotros.

—Señorita Crumb, ¿no debería cambiarse? —rugió Gideon Reed, sin apartar la mirada de su hijo.

Esbocé una sonrisa forzada. Quería deshacerse de mí para hablar con Thomas, pues a él no le había pedido que fuera a cambiarse. Hice una reverencia antes de ser consciente de lo ridículo que debía de parecer. Finalmente, me retiré, vacilante.

Thomas no me miró, así que no pude asegurarme de que no pasaba nada por dejarlo ahí solo; cuando estaba entrando en la habitación de Fanny y Marion, que me abrieron en cuanto toqué el pomo, oí la voz ronca del señor Reed:

—Nos has ayudado.

Un bufido de Thomas.

—Por supuesto que os he ayudado —contestó, y noté lo mucho que se esforzaba por mantener la calma.

Me acerqué despacio a la habitación sin fijarme en la señal que intentaban hacerme Fanny y Marion; no cerré la puerta del todo para poder seguir entendiendo lo que hablaban en el pasillo.

—Y tu chica también lo ha hecho —dijo Gideon Reed.

Ojalá hubiera podido ver la expresión en el rostro de Thomas.

El corazón me latía con tanta fuerza que creí que no podía oír nada más.

—Es un poco especial —contestó Thomas.

Marion dejó escapar un gemido a mi lado.

182

Gideon Reed soltó una carcajada que parecía un gruñido. Por la minúscula rendija de la puerta, atisbé cómo le ponía una mano en el hombro a Thomas.

—Una buena mujer —dijo.

Los dos hombres asintieron. Luego, Gideon desapareció a paso lento de mi ángulo de visión.

Cerré la puerta con suavidad y apoyé la espalda en ella con un profundo suspiro. Qué conversación tan extraña, pero, aun así, lo habían conseguido. Gideon Reed había dado su visto bueno a la elección de Thomas para la familia y me había catalogado de «buena mujer».

Una carcajada se abrió paso en la garganta y cedí, aunque Fanny y Marion podrían haberme tomado por loca. Pero ¿qué otra cosa iba a hacer? Era Nochebuena, había sido grosera con mi futuro suegro, había ayudado a reparar el tejado de un granero y luego me había perdido en un beso. Estaba mojada, helada, el pelo salía disparado en todas direcciones y tenía las manos cubiertas de algo en lo que prefería no pensar; además, tenía las piernas tan cansadas que amenazaban con romperse. Y, sin embargo, era feliz.

—¿Qué ha sido eso? —preguntó Marion.

Fanny también jugueteaba nerviosa con los dedos.

—¿Ya vuelven a soportarse? —preguntaron.

Me encogí de hombros.

—Eso espero.

Porque significaría que por fin podíamos casarnos.

Las tres dimos un respingo cuando llamaron a la puerta. Me aparté de un salto por el susto.

—¿Chicas? —dijo la señora Reed a través de la madera.

Marion abrió a toda prisa. Ann Reed apareció con una palangana y nos miró a todas a la cara.

—¿Y ahora qué sucede? —preguntó, sorprendida.

Y entonces no pude contener otra carcajada, esta vez de alivio.

# 6

Me lavé las manos tres veces hasta que el agradable olor del jabón volvió a mi piel. Luego me puse una sencilla blusa de color crema que siempre me gustaba llevar en la biblioteca.

Fanny me ofreció su ayuda cuando ella y Marion acabaron de ponerse las prendas secas, pero la rechacé con educación y me quedé sola.

La cabeza me daba vueltas: mis pensamientos oscilaban entre la esperanza de que la situación hubiera dado un giro a mejor y el miedo a haberlo interpretado todo mal.

Con los dedos aún entumecidos, toqueteé los botones de la blusa y me puse una falda de lana de color azul marino, con unas enaguas a juego cubiertas de encaje.

Lo mejor de esa combinación eran los bolsillos de la falda, que me dejaban espacio para un libro. Me tomé mi tiempo para escoger uno de la bolsa de piel, uno donde poder sumergirme durante la velada si surgía la ocasión. Si no, por lo menos, llevaría algo encima a lo que agarrarme.

Recordé de nuevo el regalo para la anfitriona, que seguía abajo, en la mesa del comedor. Me había olvidado de dárselo. Sin embargo, después de esa noche, quién podía tomárselo mal.

Para que no tuvieran que esperarme más, me peiné a toda prisa y me recogí el pelo en un moño con poca gracia. El rostro en el espejo que había sobre la cómoda se veía pálido y exhausto, por lo que me pellizqué en las mejillas: así por lo menos le daría un poco de color.

El peso del libro en el bolsillo me dio sensación de seguridad al bajar los peldaños hacia la planta baja; seguí las voces alegres hasta que entré en el salón por una puerta.

El espacio era más grande de lo habitual; gracias a la chimenea, estaba tan calentito que era todo un placer para las frías extremidades. Todos estaban ahí reunidos, sentados en sofás estrechos, distintas butacas y taburetes. En el caso de Finley y Marion, incluso directamente en el suelo, delante de la chimenea, para tostar el pan en el fuego.

Sin embargo, lo que más llamó mi atención fue el árbol de Navidad. El abeto verde oscuro se erguía mayestático y acogedor a un lado de la habitación, deslumbrante con el brillo de innumerables velas que se reflejaban en las figuras de plomo y en las bolas de cristal pintadas de colores. Una cinta de seda granate lo rodeaba como el ribete de un vestido de baile y proyectaba el extraordinario ambiente navideño directo al corazón.

Muy cerca de mi oído, una voz grave empezó a tararear un villancico; un escalofrío recorrió con suavidad mi espalda cuando Thomas puso el brazo en mi cintura.

El rubor que poco antes echaba de menos en las mejillas subió de pronto a mi cara, en cuanto se inclinó hacia mí y me dio un beso en la oreja.

—Thomas Reed —lo reprendí en un susurro, aunque nada me apetecía más que volver a fundirme en sus brazos.

Sin embargo, nos estaban viendo demasiados ojos, así que dejé que ocurriera solo en mi imaginación, mientras Thomas me devolvía a la realidad de la sala y me ofrecía un sitio a su lado, en un banco.

Marion y Finley se reían de algo; Jonathan y Jimmy estaban enfrascados en una conversación; y Lucas parecía a punto de dormirse.

—¿Tan sencilla va, señorita Crumb? —me preguntó Imogen, asombrada; estaba sentada al lado de su cuñada, Fanny, en uno de los sofás; había extendido el encaje de las enaguas sobre los pies para que se viera el caro ribete.

Puse cara de confusión para no contestar. Imogen no era una persona a la que necesitara o quisiera gustar.

—¿De una dama como usted no se espera... una moda más elegante? —exclamó.

Ya la había entendido antes, pero esbocé una tímida sonrisa.

—No me interesan la moda ni las expectativas de los demás —contesté con calma.

Gideon Reed gruñó alguna cosa.

—¿Ves, Imogen? El encaje no lo es todo —dijo en tono aleccionador.

A la pobre mujer casi se le cae el elegante abanico de la mano, un complemento que llevaba encima sin necesidad alguna.

Miré asombrada al padre de Thomas, y a mi propio prometido, que se tapó con la mano para disimular la sonrisa y que parecía muy satisfecho. Así pues, era cierto que su padre y él se habían reconciliado. O puede que le gustara poder sentarse a mi lado sin que nadie le lanzara una mirada de reprobación.

—Me temo que no va a ser posible dar el paseo hasta la misa de Nochebuena, ¿no? —dijo Eileen con un suspiro.

Nadie la contradijo. Con esa tormenta, no se podía coger un coche, y resultaba imposible caminar entre la nieve durante kilómetro y medio.

—Entonces Ian y yo tenemos que daros una noticia —continuó.

Todos se callaron. Ian sonreía con ternura, cogió a su mujer de la mano y entrelazó los dedos. Yo ya sabía lo que iban a decir antes de que ella se llevara una mano a la barriga.

—Estoy embarazada —anunció.

Tras un instante de silencio, todos prorrumpieron en gritos de júbilo y felicitaciones.

—Eso sí que es una milagro navideño —bromeó Ann Reed, que se llevó una mano al corazón—. ¡Voy a ser abuela! ¿Os lo podéis creer?

—Brindemos por ello —dijo Tobias, eufórico.

Los demás lo abuchearon y yo me uní a ellos. Ninguno de los presentes iba a volver a darme jamás una bebida alcohólica: había aprendido la lección.

—¡A lo mejor, yo tengo algo que ofrecer! —dije cuando recordé que mi regalo para la anfitriona seguía sobre la mesa del comedor.

Me levanté y fui a buscarlo. Cohibida, le di la cajita de color menta a la señora Reed, que se limitó a estirar los dedos vigorosos hacia ella.

—Pero si Navidad no es hasta mañana, Animant —dijo, y sujetó la cajita como si se fuera a resquebrajar.

—Pero ahora es un momento más adecuado —respondí, animándola.

Ella abrió la tapa, vacilante.

Dentro había varias tabletas de color marrón oscuro envueltas con esmero en un papel de color crema.

La señora Reed me miró con cara de confusión.

—Se deshacen en leche caliente; de este modo, se obtiene un chocolate caliente —aclaré, y miré al grupo—. Debería ser suficiente para que todos probáramos una taza.

Thomas me hizo un gesto con la cabeza. Había acertado con el regalo para la anfitriona.

—Es una idea fantástica, Animant. Muchas gracias —me elogió su madre.

Aquello significó para mí más de lo que me había parecido. Se levantó con cuidado de la butaca, me llevó con ella a la cocina y juntas preparamos el chocolate con leche.

Nunca nadie me había dejado ayudar en la cocina. Aquello tenía un encanto peculiar que asociaría para siempre con la figura vigorosa y la suave sonrisa de Ann Reed.

—Gracias —dijo de pronto cuando servimos el chocolate en las tazas, y yo la miré confusa—. No sabía qué me esperaba cuando me ofreciste por carta traer a Thomas a casa. —Dejó el cucharón a un lado y me agarró de la mano—. Por supuesto quería verlo, pero también me daba miedo. Gideon no es mala persona, pero los ricos nunca le han aportado nada bueno. Su desprecio hacia la carrera académica de su hijo es comprensible, en cierto modo. Se sintió traicionado. Como si la vida de carnicero no fuera lo bastante buena para Thomas. Como si él no fuera lo bastante bueno para su hijo. —Tragó saliva. No me atreví a interrumpirla, ni siquiera a respirar. Empezó a sudarme la mano por los nervios—. Luego se prometió, y encima con una chica rica. Que me escribe. En un papel blanquísimo. Pensé... que eras distinta. —El castaño oscuro de sus ojos me atravesó el alma y noté que se me formaba un nudo en la garganta al ver lágrimas en sus ojos—. Me alegro mucho de haberme equivocado. Gracias por estar aquí, Animant.

A todos les encantó el chocolate. Era casi gracioso ver cómo todos y cada uno intentaba lamer hasta la última gota de la taza. Hubo risas, anécdotas, y surgieron posibles nombres para el niño de Eileen.

Thomas y yo nos quedamos sentados en silencio, contemplando la escena de una Navidad inolvidable.

—Lo reconozco —dijo de pronto.

Contemplé el perfil de su rostro; observaba a su familia con una mirada cálida, con el pelo tan desmarañado como siempre que no le prestaba atención.

—Me gusta mucho todo lo que haces para lograr mi felicidad —admitió, y esbozó una media sonrisa.

La luz de la vela dibujó una sombra nítida en la línea de la mandíbula; aquello le daba un aire aún más aristocrático a su rostro. Se parecía a sus hermanos, aunque, aun así, se veía que era distinto. No se había ido porque no apreciara la vida en el campo, sino porque amaba los libros. Como yo.

—¿Os habéis fijado en que Tommy no se ha refugiado detrás de un libro? —exclamó Jimmy de pronto.

Todos nos miraron.

Thomas levantó una ceja con sarcasmo, metió la mano en el bolsillo de la chaqueta y sacó una novela fina que dejó a mi lado en una mesita baja.

Hubo risas.

—¿No te vas a volver loca con un hombre que no hace más que leer, Animant? —me preguntó Fanny.

No pude reprimir una sonrisa traviesa antes de meter una mano en el bolsillo de la falda y sacar mi libro y dejarlo encima del de Thomas. Aquello sí que era una señal.

Todos rieron aún con más ganas; toda la casa se llenó de calor y buen humor.

Sin embargo, yo solo miraba a Thomas Reed, que me dio un beso en la mejilla con una sonrisa de oreja a oreja, delante de todos, antes de susurrarme al oído que me quería.

*Fin*

Este libro utiliza el tipo Aldus, que toma su nombre
del vanguardista impresor del Renacimiento
italiano, Aldus Manutius. Hermann Zapf
diseñó el tipo Aldus para la imprenta
Stempel en 1954, como una réplica
más ligera y elegante del
popular tipo
Palatino

La biblioteca de los sueños imposibles.
Las cartas de Ani Crumb se acabó de imprimir
un día de otoño de 2021, en los talleres
gráficos de Liberdúplex, s. l. u.
Crta. BV-2249, km 7,4.
Pol. Ind. Torrentfondo
Sant Llorenç d'Hortons
(Barcelona)